KB218029

창가의 토토,
그 후 이야기

続 窓ぎわのトットちゃん

창가의 토토,

그 후 이야기

続 窓ぎわのトットちゃん

구로야나기 테츠코 지음

이와사키 치히로 그림

권남희 옮김

김영사

들어가며

지금도 나는 길에서 셰퍼드를 보면 무심코 작은 소리로 "로키!" 하고 부른다. 그러고는 '어릴 때 키운 로키가 지금 여기 있을 리 없지' 하고 쿡 웃는다.

로키는 내 최고의 친구였다. 그런데 어느 날 갑자기 사라졌다. 최근에 생각한 것이지만, 건강한 셰퍼드여서 전쟁 중에 군용견으로 쓰려고 데려갔을지도 모르겠다. '혹시 로키가 전쟁터에 끌려간 게 아닐까' 생각하면 지금도 눈물이 난다.

나는 《창가의 토토》라는 책에 도모에학교에 다녔던

초등학교 시절 이야기를 썼다. 누군가가 고바야시 소사쿠 교장선생님의 이야기를 기록해야 한다고 생각했다. 그 책이 뜻밖에도 베스트셀러가 되어 많은 어른이 읽어주었다. 많은 어린이가 읽어주었다. 1981년에 발표했으니 벌써 42년 전의 일이지만, 지금도 사람들은 나를 '토토짱'이라고 부른다. 정말 기쁜 일이다.

아프리카의 탄자니아에서 교장선생님이 아이들을 불러 모을 때, "○○○토토" "토토○○○"라고 하는 소리를 들었다. '아무리 그래도 아프리카 작은 마을에까지 내 이름이 전해졌을 리 없을 텐데'라고 생각했는데, 스와힐리어로 어린이를 '토토'라고 한단다. 깜짝 놀랐다. 세상에 이런 우연이!

어릴 때 나는 '테츠코'라는 내 이름을 똑똑하게 발음하지 못해서 "이름은?" 하고 물으면 테츠코가 아니라 "토토!"라고 말했다. 그래서 다들 "토토"라고 불렀다. 좀 더 자라서는 "텟코짱"이라고 불렸지만, 아버지만은 내가 어른이 된 후에도 "토토스케"라고 불렀다. 만약 아버지가 그렇게 불러주지 않았더라면, 나도 "토토"라는 이름을 잊어버렸을지 모른다. 아버지의 "토토스케" 덕분에 "토토짱"이라고 불리던 어린 시절 일을 떠올릴 수 있었다.

《창가의 토토》는 내가 아오모리로 피란 간 곳에서 끝났다. 그 이야기는 도쿄 대공습 며칠 뒤의 장면으로 마무리된다. 42년 전에 쓴 이 책의 후속 이야기를 읽고 싶다는 요청이 있었던 것은 사실이다. 그렇지만 나는 아무리 생각해도 《창가의 토토》보다 재미있는 이야기를 쓸 자신이 없었다. 내 인생에서 도모에학교 시절만큼 하루하루가 즐거운 적은 없었으니까. 하지만 나 같은 사람의 '그 후' 이야기를 알고 싶어 하는 분들이 많다면 '한번 써볼까' 하는 생각이 들었다.

'좋았어!' 하고 결심할 때까지 웬걸, 42년이나 걸렸다.

차
례

춥고、졸리고、배고파

행복한 나날

"내일부터 매일 아침 바나나를 먹을 거야!"

어느 날, 아빠는 느닷없이 그렇게 선언했다.

어디서 바나나가 몸에 좋다는 말을 듣고 온 듯하다. 지금이야 누구나 쉽게 먹을 수 있지만, 옛날에는 고급 과일이어서 전쟁이 끝난 후에도 한동안 아이들은 아플 때가 아니면 먹지 못했다. 그때만큼 아빠의 선언에 "우아!" 하고 기뻐한 적은 없다.

보기만 해도 힘이 날 것 같은 색깔과 동그랗게 구부러진 귀여운 모양. 껍질은 쉽게 벗겨지고 속은 촉촉하며 무엇보다 달콤했다. 그날부터 바나나는 아침마다 식탁에 올라왔다.

토토네 집 식사 메뉴는 여느 집과는 좀 달랐다. 전쟁의 영향이 그리 크지 않아서 아직 식료품을 구할 수 있을 때, 집에서는 양식이 기본이었다. 아침 식사는 늘 빵과 커피. 매일 아침, 아빠는 네모난 나무 상자에 커피콩을 넣고 금속 손잡이를 빙글빙글 돌려 콩을 갈았다. 덜그럭덜그럭그럭! 향긋한 커피 향이 퍼졌다. 빵도 항상 정해져 있어서, 센조쿠역 앞의 빵집에서 아침마다 갓 구운 빵을 배달해주었다. 겉은 살짝 딱딱하고, 엉덩이처럼 둥근 프랑스 빵을 아빠는 좋아했다.

가족이 모두 모인 저녁 식사에는 고기 요리. 아빠는 소고기를 무척 좋아해서 엄마는 프라이팬에 굽거나 석쇠에 구워서 물리지 않게끔 다양한 요리법을 연구했다. 다른 집에서는 생선구이나 생선조림을 자주 먹었을 텐데, 토토는 아빠 덕분에 언제나 맛있는 소고기를 먹을 수 있어서 기뻤다. 다만 엄마와 토토의 두 살 아래 남동생은 생선을 좋아했다.

아빠는 바이올리니스트로 신교향악단(지금의 NHK 교

향악단) 콘서트마스터를 맡고 있었다. 러시아 출신의 유명한 바이올리니스트 야샤 하이페츠에 견주어 일본의 하이페츠로 불리기도 하며, 정기 콘서트 말고도 지방 공연이라든가 레코드 녹음 등으로 연일 바쁜 나날을 보냈다. '일본 최고의 연주가'라는 칭찬을 듣기도 했다.

아빠와 엄마의 인연을 맺어준 것이 위대한 작곡가 베토벤이라는 사실을 알았을 때, 토토는 무척 놀랐다.

어느 해 연말, 아빠는 오케스트라 동료들과 히비야 공회당에서 베토벤 교향곡 제9번 연주회를 열기로 했다. 연주회장을 가득 채우려면 표를 팔아야 하는데, 교향곡 제9번은 그러기 위해 안성맞춤인 곡이었다. 왜냐하면 마지막 악장에 나오는 〈환희의 송가〉 합창을 보통 음악학교 학생들에게 맡겼기 때문이다. 출연료를 주지 않아도 되는 점이 감사했고, 학생들이 경쟁하듯 표를 팔아주어서 히비야 공회당은 곧 만원이 됐다.

그 합창단원 중에 동양음악학교(지금의 도쿄음악대학)에 다니던 엄마가 있어서 아빠를 만나게 된 것이다. 엄마는 초록색 털실로 짠 재킷과 스커트에 같은 색 베레모를 쓰고 있었다. 둘 다 엄마가 손수 뜬 것이었다. 예쁜 엄마를 보고 아빠는 첫눈에 반하고 말았다. 아빠는 자기가 살던 아파트 1층에 있는 '노기자카 구락부'라는 커피숍에서 차를 마시자고 청했다. 완전히 마음이 통한 두 사람은 이런저런 이야기를 나누었다. 다행히 아빠도 잘생겼다.

두 사람은 시간이 흐르는 것마저 잊고 이야기에 빠져들었다. 정신을 차렸을 때는 이미 전철과 버스가 모두 끊긴 후였다. 아빠는 노기자카 구락부 위층에 있는 자기 집으로 엄마를 초대했다. 그때 엄마는 고지마치에 있는 삼촌 집에서 학교에 다니고 있었다. 다들 자고 있을 터라, 전화를 걸기에도 너무 늦은 시간이었다. 엄마는 하는 수 없이 아빠를 따라갔다.

엄마는 나중에 두고두고 이날 일을 떠올리며 "스무 살이나 돼서 아빠를 따라간 내가 얼마나 바보 같았는지"라고 말했지만, 엄마도 오케스트라의 콘서트마스터인 데다 잘생긴 아빠의 데이트 신청에 내심 기뻤을 것이다. 만약 베토벤이 교향곡 제9번을 만들지 않았더라면 엄마와 아빠는 만날 일이 없었을 테고, 토토도 두 사람의 딸이 되지 못했을 것이다. 세상에는 참 신기한 일이 많다.

아빠와 엄마가 신혼생활을 노기자카에서 시작했기 때문에, 토토도 노기자카 근처 병원에서 태어났다. 그렇지만 아빠의 오케스트라 연습장이 센조쿠지(지금의 오타구) 근처여서, 그곳까지 걸어서 다닐 수 있는 기타센조쿠의 단독주택으로 이사했다.

전쟁 전에 토토는 아빠, 엄마, 남동생, 셰퍼드 로키와 함께 살았다. 둘째 남동생과 여동생도 이 집에서 태어났다. 아주 현대적인 구조로, 빨간 지붕에 하얀 벽이 특징이었다. 베란다도 있었다. 바닥은 마루로, 요즘 말로 하자면 플로링이었다. 잠자리도 침대였다.

정원에는 연꽃이 핀 연못이 있었고, 베란다 위에는 포도 덩굴이 있어서 해마다 가을이면 달고 맛있는 포도가 주렁주렁 열렸다. 전쟁이 치열해지면서 먹을 것이 부족해지자 아빠는 포도 덩굴 옆에다 호박을 재배했다. 호박이 아주 잘 자라서 온 가족이 기뻐했다.

온실도 있었는데, 아빠는 아침부터 동양란과 장미를 열심히 손질했다.

"토토스케, 이리 오렴."

아빠가 부를 때면 토토도 가끔 온실 손질을 도왔다.

코끼리처럼 코가 길고 조그마한 장미바구미라는 곤충을 장미 봉오리나 새잎에서 떼어내는 일도 했다.

토토의 옷은 모두 엄마가 직접 만들어주었다. 그것도 가게에서는 팔지 않는 참신한 디자인뿐이었다. 엄마는 외국 책을 보고 참고했다고 말했지만, 만드는 방식이 참으로 기발했다. 마음에 드는 천을 발견하면 그걸 토토에게 걸쳐 보고 토토의 몸에 맞춰 가위로 싹둑싹둑 천을 자르는가 싶으면, 이번에는 자른 천을 실로 꿰매 뚝딱 옷을 만들었다.

"마법사 같아!"

그런 것을 입체 재봉이라고 하는 걸까. 새 옷이 완성될 때마다 토토는 감탄했다.

요리든 재봉이든 감각이 뛰어난 엄마는 항상 즐기면서 만들었다. 토토가 다니던 도모에학교에서는 한때 도시락을 뒤집어서 여는 것이 유행했는데, 아이들은 저마다 엄마한테 도시락 바닥에 그림을 만들어달라고 했다.

토토 엄마는 그림 도시락의 달인이었다. 바닥에 반찬을 예쁘게 담아서 뒤집으면 여자아이 얼굴이 나왔다. 반 아이들은 그 솜씨에 놀라서 점심시간이 되면 "보여줘!"

아빠 모리쓰나, 엄마 조, 동생 메이지와 우리 집 정원에서

"보여줘!" 하고 토토 주위로 몰려들었다. 요즘의 '캐릭터 도시락'은 사실 전쟁 전부터 존재한 것이다.

근처에 있던 센조쿠연못 공원은 아이들이 놀기에 안성맞춤이었다. 가마쿠라 시대에 니치렌 선사(일본의 승려로 니치렌종의 창시자—옮긴이)가 여기에서 발을 씻었다 하여 센조쿠연못洗足池이라는 이름이 붙었다. 연못은 바닥이 보일 정도로 물이 맑았다. 울창한 숲에 둘러싸여 샘솟는 맑은 물로 가득 찬 연못 구석에는 멋진 다이코바시 다리가 있었다. 토토는 가재를 잡으려고 다리에 엎드려 손을 뻗다가 두 번이나 연못에 빠졌다. 하지만 어른들이 곧바로 건져주었다. 주변에는 신사와 찻집, 가쓰 가이슈(일본 근대화를 이끈 해군 장군—옮긴이)와 그의 부인 묘도 있어서 휴일에는 가족 동반 나들이객들로 붐볐다.

'진카라엔'이라는 아이들 놀이터에는 높이 5미터나 되는 미끄럼틀이 인기가 많아서, 초저녁이 되면 동네 아이들이 미끄럼틀을 타러 모여들었다. "꺄아!" 하고 환성을 지르며 해가 져서 어두워질 때까지 몇 번이고 미끄럼틀을 탔다. 제일 높은 곳에서 단숨에 미끄러져 내려올 때면, 코끼리 코나 구름 같은 특별한 것을 타고 있는 듯한 기분이 들었다. 토토는 눈을 감고 "코끼리 코!" "다음은 구름!" "마법 양탄자!" 등 여러 가지를 상상하며 미끄러졌다.

물론 눈을 뜨고 미끄러져 내려오면서 멀리까지 펼쳐진 마을 풍경이 휙 사라지는 것을 보는 것도 즐거웠다. 계절에 따라 하늘색이 짙어지기도 하고 옅어지기도 한다. 구름 모양도 달라진다. 여름이 끝자락에 가까워지면 뭉게구름이 어느새 사라지고 얇은 구름이 베일처럼 하늘을 덮었다. "아아, 여름이 끝나가" 하고 서운해하며 그 구름 베일을 망토처럼 뒤집어쓰고 요정이 된 기분으로 미끄럼틀을 내려오기도 했다.

진카라엔 옆에는 아무도 살지 않는 저택이 있었다. 토토는 곧잘 그 저택에 들어가 아이들과 함께 다다미 바닥을 우당탕퉁탕 뛰어다녔다.

이 집이 가쓰 가이슈의 별장이었다는 사실을 알게 된 것은 한참 뒤였다. 가쓰 가이슈는 만년에 이곳에서 유유자적 시간을 보내며 사이고 다카모리(메이지유신을 이끈 정치인—옮긴이)와 환담을 나누기도 했다고 한다. 신발을 벗기는 했지만, 그런 유서 깊은 집에서 우당탕퉁탕 뛰어

다니고 술래잡기를 하고 숨바꼭질을 해도 어른들이 나무란 적은 한 번도 없었다.

가쓰 가이슈가 이곳에서 어떤 이야기를 나누었는지 안 것은 NHK 대하드라마를 보고 나서였다. 그때 토토는 친척 아저씨를 오랜만에 만난 듯한 기분이 들었다.

긴자 나들이,
스키, 해수욕

"한 해에 한 번은 토토스케를 긴자에 데려가줄게."

무슨 생각을 했는지 아빠가 그런 말을 꺼냈다. 아빠는 그 약속을 잊지 않고 실행했다. 언제나 엄마와 둘만 외출하는 아빠인데 의외였다.

아빠는 먼저 시세이도 팔러에서 은으로 만든 컵에 담긴 반구형 아이스크림을 사주었다. 웨하스도 곁들여 있었다. 반짝거리는 스푼으로 한 입 떠서 살며시 입에 넣으면, 차가움과 달콤함이 입속에서 머리 꼭대기까지 펼쳐졌다. 느낌에 세상에서 가장 행복한 기분이었다.

아이스크림을 먹고 나서는 긴자 거리를 거닐며 쇼윈도

를 구경하거나 가게에 들어가기도 했다. 아이와 외출하는 게 익숙하지 않은 아빠는 토토가 진열된 상품을 들여다보기만 해도 곧바로 "갖고 싶어?" 하며 사주곤 했다.

토토는 '갖고 싶지 않아도 그냥 구경만 하고 싶을 때가 있는데'라고 생각했다. 바이올린과 엄마한테만 빠져서 살아온 아빠는 여자아이의 그런 마음을 알지 못한다. "그냥 구경만 하는 거야"라고 말해봐야 이해하지 못할 것 같아서 윈도쇼핑 때는 구경하고 싶어도 멈추지 않고 곁눈질만 하기로 했다.

그렇지만 미쓰코시백화점 옆에 있는 긴타로라는 장난감 가게에 들어갔을 때는 사달라고 하는 것이 목적이었다. 한참 고른 끝에, 구멍을 들여다보면 그림이 영화처럼 움직이는 '만화경'을 샀다.

장난감 상자를 안은 토토는 딸에게 장난감을 사줘서 만족스러운 아빠와 니혼극장(지금의 유라쿠초 마리온—옮긴이)에 영화를 보러 갔다. 〈뽀빠이〉라든가 〈미키마우스〉 같은 영화를 본 뒤, 택시를 타고 집으로 돌아왔다. 한 해에 한 번인 아빠와의 우아한 긴자 데이트는 전쟁이 격렬해져 세상에서 즐거운 일과 맛있는 것이 사라질 때까지 계속됐다.

　돌이켜보면, 토토는 매우 풍요로운 소녀 시절을 보냈다.

　겨울이 되면 가족과 함께 시가고원에 갔다. 그 무렵 시가고원은 국제적인 색채가 강해 상하이, 홍콩, 유럽에서 온 외국인 관광객들로 붐비는 인기 관광지였다. 아빠가 시가고원에 별장이 있는 지휘자 사이토 히데오 씨에게 연주 아르바이트를 제안받은 것이 그 시작이었다. 오자와 세이지(일본의 남성 지휘자─옮긴이) 씨의 은사로 알려진 사이토 씨는 첼리스트로도 유명했으며, 아빠와 함께 현악 4중주단을 결성하기도 했다.

　토토네 가족은 숙소인 호텔에 들어서자마자 넓은 로비의 따뜻함에 놀랐다. 식당이며 복도며 어디를 가도 따뜻했다. 심지어 화장실에도 온기가 가득했다. 식당 종업원이 눈 속에서 노랗게 자란 채소를 뽑는 모습을 보았다. 그 아삭아삭한 노란 채소는 '셀러리'라고 종업원이 알려주었다. 엄마도 토토도 그때 처음으로 셀러리를 맛보았다.

　시가고원 연주회는 외국인 전용 호텔에서 열렸다. 매

일 밤처럼 댄스파티가 열렸고, 아빠와 동료들은 그곳에서 연주를 했다. 그렇지만 아빠의 진짜 목적은 스키를 타는 것이었다. 아빠는 시가고원을 엄청 좋아해서 연주 여행에는 반드시 가족과 함께 갔다.

당시 스키장에는 리프트가 없었다. 스키를 신고 직접 언덕을 올라가 그곳에서 미끄러져 내려왔다. 토토는 두툼한 겨울용 원피스 아래에 바지를 입고, 어린이용 스키를 신은 채 겔렌데를 돌아다녔다. 엄마는 초록색 실크 머플러를 머리에 감고 탔다. 바람에 머플러가 나부끼면 멋있을 것 같아서 그랬다고 한다!

아이들이 드문 탓인지 겔렌데에서는 외국인 스키어들이 곧잘 말을 걸었다.

"오, 큐트!"

무슨 뜻인지는 몰랐지만 칭찬하는 말이라는 건 알아서 "땡큐" 하고 대답했다. 토토도 '땡큐'만은 알고 있었기 때문에, 외국인이 말을 걸 때마다 살짝 머리를 숙이며 그 말을 되풀이했다.

그런 어느 날, 파란 눈의 젊은 스키어가 싱글벙글 웃으며 다가오더니

"내 스키에 타 볼래?"

하는 몸짓을 했다. 모르는 사람이어서 순간 흠칫했지만, 가까이에 있던 아빠에게 물었다.

"괜찮아?"

아빠도 싱글벙글 웃으면서 말했다.

"부탁해보렴."

토토는 이때라는 듯이

"땡큐 베리 마치!"

말하고는 그 사람을 따라갔다.

눈 언덕을 얼마나 올라갔을까. 그 사람은 자기 스키를 나란히 놓고 끝 쪽에 토토를 앉혔다. 어떻게 하려는가 했더니, 다음 순간 토토를 태운 스키가 겔렌데를 자유자재로 미끄러져갔다.

좌우로 빠르게, 미끄럼틀보다 매끄럽고 요람보다 부드러운 리듬으로 미끄러져서 무척 신났다. 이대로 하늘을 나는 건가 싶을 정도였다. 그 사람은 토토가 굴러떨어지지 않게 뒤에서 잘 받쳐주었다. 업지도 않고 안지도 않은 채, 스키 위에 아이를 태우고 타는 건 평범한 사람은 흉내 낼 수 없는 기술이다. 아니나 다를까, 나중에 호

큰아빠 댁 현관 앞에서

텔 직원이 알려준 바로는 그 사람이 미국 영화에도 출연한 적 있는 유명한 스키어였다고 한다.

여름이 되면 큰아빠가 사는 가마쿠라의 유이가하마로 해수욕을 가는 것이 큰 즐거움이었다. 큰아빠 이름은 다구치 슈지, '슈 다구치'라는 이름으로 활동한, 유명한 다큐멘터리 영화의 카메라맨이었다. 전장에 나가는 일도 종종 있었지만, 전후에는 교육영화 분야에서 실력을 발휘했다.

큰아빠한테 뉴욕에서 온 선물로 흑백의 곰 인형을 받은 적이 있다. 그 인형이 판다라는 것을 알게 된 것은 한참 뒤의 일이었지만, 당시 미국에서는 판다가 한창 붐이었다고 한다. 어느 미국인 여성이 탐험가였던 남편의 유지를 이어 '환상의 동물'이라 불리는 판다를 찾으러 중국 쓰촨성으로 갔다가, 너무나도 쉽게 대나무숲에서 놀고 있는 새끼 판다를 발견했다. 그 여성은 아기 판다를 강아지로 변장시켜 미국으로 데려와 시카고 동물원에서 키웠는데, 이 판다가 금세 큰 인기를 얻어 온 미국에 판다 상품이 넘쳐났다고 한다.

그 무렵에 토토는 아직 판다를 몰라서 '음, 이렇게 흑백인 곰이 있구나'라고만 생각했다. 그러나 그 봉제 인형은 평생의 친구가 됐다.

가마쿠라 해안에서 엄마는 수영복을 입었다. 그때만 해도 일본 여성들은 복대 위에 속옷을 입고 수영복을 대신하는 경우가 대부분이었다. 바다에서 나오면 가슴이 비칠 때가 있는데도 다들 개의치 않았다. 그런 여성들 중에는 아주머니가 많았다. 토토는 그런 모습을 보고 '저렇게 드러내고 다니다니 대단하네'라고 생각했지만, 그때는 그게 당연하게 받아들여졌다.

초등학교에 들어가기 전해의 일이다. 어느 여름 아침, 오른쪽 다리가 욱신욱신 아파서 잠에서 깼다.

"자는데 다리가 아팠어!"

이렇게 호소하자, 엄마는 아침 준비를 하던 손을 멈추었다.

"큰일 났네! 얼른 병원에 가보자."

이럴 때 엄마는 결단이 빠르다. 하지만 토토는 절대 가고 싶지 않아서 병원에 가지 않아도 될 변명을 필사적으로 궁리해냈다.

"어, 있잖아, 아마 어제 공중제비를 하다가 어디에 부덮쳐서 그런 것 같아"

라고 했다. 그러나 엄마는 그 말을 듣지 않고 토토의 손을 잡아끌고는 근처에 있는 쇼와의전(지금의 쇼와대학 의대) 병원으로 데려갔다.

병원에서는 힘이 넘치는 남자 의사 선생님이 토토의 다리를 살펴보았다. 이런저런 검진을 하는 동안, 선생님 얼굴이 서서히 어두워졌다.

"바로 입원합시다."

토토는 자기에게 무슨 일이 일어났는지 모르는 채, 갑자기 눕혀졌다. 곧 끈적끈적한 석고 붕대가 오른쪽 발가락 끝부터 허리까지 순식간에 쌌다.

토토의 오른쪽 다리가 결핵성 고관절염에 걸린 것이다. 혈류를 타고 퍼진 결핵균이 고관절에 염증을 일으켜, 내버려두면 관절 표면의 연골이 파괴되고 나아가 뼈까지 파괴되어 관절이 붙어버릴 수도 있다고 했다.

깁스가 완성된 순간에 선생님은 "훌륭하네, 훌륭해!"라고 말하면서 탁탁, 그러나 부드럽게, 깁스를 한 오른쪽 다리를 두드렸다. 토토는 자신이 뭔가 새로운 인형이 된 기분이 들었다. '몸을 움직이지 못하는 것도 나름대로 새로운 체험이고 주구장천 누워 있을 수 있다니 완전 편하네' 하고 아무렇지도 않게 생각했다. 하지만 선생님은 "절대 안정"이라면서 그대로 토토를 어린이용 침대로 데려갔다.

"따님은 평생 지팡이를 짚고 다녀야 할지도 모릅니다."

토토는 몰랐지만, 엄마는 선생님에게 그런 말을 들었다고 한다.

처음으로 해본 입원이었다. 침대에 누운 토토는 깁스 때문에 몸을 뒤척일 수 없어 잠을 이루지 못할 때면 똑바로 누운 채 천장을 바라보고 있었다. 재미있는 일도 꽤 있었다. 엄마와 아빠는 날마다 병실에 찾아와 토토와 놀아주었다. 엄마는 책을 갖고 와서 읽어주기도 하고, 누운 채로 양손에 인형을 들고 이야기 놀이를 하며 시간을 보내기도 했다.

식사 시간에는 간호사나 엄마 중 한 사람이 음식을 작게 잘라 입에 넣어주었지만, 병원 밥은 엄마의 요리에 비하면 너무 맛이 없었다. 제일 싫은 것은 네모난 고야 두부 조림이었다. 영양가가 많아서인지 고야 두부는 반찬으로 자주 나왔다. "오늘 반찬은 고야 두부란다"라는 말을 들을 때마다 '아, 또야'라고 생각하며 천천히 머리를 들고 노랗고 네모난 덩어리를 노려보았다. 간호사가 젓가락을 쥐여주면, 토토는 그 젓가락으로 고야 두부를 꾹 눌러서 즙이 쭉 나오는 것을 보았다. 그리고 '진짜 싫어……'라고 생각했다.

그러나 간호사는 번번이 꾹과 쭉을 반복하는 토토를 보며 고야 두부를 좋아한다고 여긴 게 분명하다.

토토는 정말로 운이 없는 아이였다. 입원 중에 성홍열까지 걸렸다. 성홍열은 주로 아이들이 걸리는 전염병으로, 토토는 오른쪽 다리에 깁스를 한 상태여서 쇼와의전 근처의 에바라병원에 격리됐다. 고열에다 온몸에 빨간 발진이 돋고, 목이 아프고 괴로웠다. 그렇지만 조금 재미난 일도 있었는데, 낫기 시작하자 뱀이 탈피하듯 피부가 쓱 벗겨졌다. 마치 고무장갑처럼 벗겨져서, 가려웠지만 재미있었다.

동생 메이지도 성홍열에 걸려 엄마와 아빠는 몹시 고생했다. 엄마는 두 아이를 간병하느라 병원에서 집으로 돌아가지 못했고, 아빠는 매일 자전거를 타고 어디서 구했는지 반찬을 날랐다.

불운은 여기서 그치지 않았다.

간신히 성홍열이 나아 쇼와의전으로 돌아간 토토는 이번에는 수두에 걸렸다. 산 넘어 산이었다. 수두도 전염병이어서 토토는 깁스를 한 채 다시 에바라병원으로 갔다. 다리 깁스도 아직 풀 기미가 없었다.

수두는 울고 싶을 만큼 가려웠다. 게다가 계절은 여름. 온몸에 우둘투둘 뭐가 나서 깁스를 하지 않은 부분은 긁기도 하고 연고도 발랐지만, 깁스 안으로는 손을 넣지 못해 땀이 나고 짓물러서 견딜 수 없었다. 깁스와 몸 사이에 가늘고 긴 막대기를 찔러넣어 긁으려고 해도 좀처럼 들어가지 않았다.

그런 궁상을 본 아빠가 자를 갖다주었다. 깁스 틈으로 살살 넣었더니, 납작한 자가 가려운 곳 근처까지 가는 데 성공했다.

"아빠, 닿았어! 대성공!"

바이올린 연주로 바쁜 아빠가 신경 써주는 게 기쁘고 고마워서 토토는 손뼉을 쳤다. 무릎 뒤쪽이나 제일 가려운 곳에는 자도 닿지 않았지만 그건 참았다.

어느덧 병원 밖에서 맴맴맴맴 우는 매미 소리가 들리고, 깁스를 푸는 날이 왔다. 여름 내내 깁스 속에 갇혀 있던 오른쪽 다리는 훌쩍 가늘어졌다. 입원 중에 키도 조금 컸지만, 다리는 오른쪽보다 왼쪽이 길어졌다.

"어, 다리 길이가 다르잖아?"

선생님이 깁스를 풀어주었을 때, 토토와 엄마는 얼굴을 마주 보며 웃었다. 그러나 이대로는 두 다리의 균형이 맞지 않아 제대로 걷지 못한다. 그래서 토토는 쇼와의전 병원을 퇴원하자마자 접골원에 다니며 유가와라(가나가와현)에서 온천 치료를 했다. 요즘 말로 하자면 재활훈련이다.

유가와라에는 친할머니와 젊은 도우미가 따라다녀주었다. 할머니는 토토가 다다미 위를 달릴 때 "조용히 해라"가 아니라 "소리가 싫구나"라고 했다. 토토는 그 한마디를 듣기만 해도 무서워서 되도록 조용히 지내기로 했다.

유가와라에서 돌아올 때는 시나가와역에 엄마와 아빠가 마중 나와 있었다. 열차에서 내린 토토가 플랫폼을 달려 엄마 아빠에게로 갔더니 두 사람 다 울고 있었다. 오랜만에 만나 기쁠 텐데 왜 우는가 했더니, 쇼와의전 선생님이 지팡이를 짚어야 할지도 모른다고 했기 때문이었다. 그랬던 토토가 달려왔으니 얼마나 기뻤을까, 어른이 돼서야 그런 생각이 들었다.

다리 길이는 같아졌다. 걸을 수도 달릴 수도 있었다. 토토는 운이 좋았다.

토토는 초등학생이 됐다.

1학년 때 지유가오카역 앞에 있는 도모에학교로 전학
했지만, 다섯 살 때부터 피아노 교실에 다닌 토토는 한
주에 한 번은 기타센조쿠에서 전철을 갈아타고 시부야
까지 가서 피아노를 배웠다.

환승하는 오오카야마역 계단을 다 내려갔을 때, 토토
의 흥미를 끄는 것이 있었다. 모리나가 캐러멜 자동판매
기였다. 당시 오오카야마는 도쿄공업대학교 말고는 아
무것도 없는 살풍경한 곳이었다. 그런 곳에 어째서 최신
식 자동판매기가 놓여 있었는지 지금도 궁금해서 견딜

수 없다. 자동판매기는 좁고 길쭉한 구멍에 5전짜리 동전을 넣으면 작은 캐러멜 상자가 나오는 구조였다. 하지만 일본 전국이 식료품 부족에 허덕이기 시작한 탓인지 그 자동판매기에 캐러멜이 들어 있는 것은 한 번도 본 적이 없었다.

하지만 식료품 부족으로 캐러멜이 들어 있지 않다는 것을 모르는 토토는, 매번 설레는 마음으로 자동판매기 앞에 섰다. 5전짜리 동전을 넣고 단추를 누른 다음 캐러멜이 나오기를 기다리는데, 짤랑! 하고 돈이 아래에 놓인 작은 받침 접시에 도로 나왔다.

'돈은 돌려주지 않아도 되니까 캐러멜이 나오는 걸 보고 싶어!'

토토는 그렇게 생각하며 자동판매기를 앞뒤 좌우로 흔들어봤지만, 캐러멜이 나올 낌새는 없었다. 토토는 어떡하든 자동판매기에서 캐러멜이 나오는 걸 보고 싶었다.

피아노를 배우러 갈 때마다 토토는 '어쩌면 고쳤을지도 몰라' 생각하며 자동판매기를 흔들었다.

그건 혹시 도쿄공업대학교 학생이 시험 삼아 만든 모형이었을까?

가끔 엄마가 피아노 교실에 따라올 때도 있었다. 그럴 때는 캐러멜 자동판매기 이상의 즐거움이 있었다. 피아노 수업이 끝나면 시부야역 앞 식당에 데려가주기 때문이다. 엄마가 "뭐 먹고 싶어?" 하고 물으면 토토는 꼭 "아이스크림!"이라고 했다.

그날도 언제나처럼 피아노 수업을 마치고 시부야 하치코 동상 앞 사거리 건너 맞은편, 지금의 109(시부야의 랜드마크인 대형 쇼핑몰—옮긴이) 앞에 있는 큰 식당에 갔다. 토토와 엄마는 혼자 식사하는 젊은 군인과 합석하게 됐다. 토토는 입 주위가 아이스크림 범벅이 되어 엄마한테 이런저런 이야기를 했다. 그러자 먼저 식사를 마친 젊은 군인이 일어나 두 사람에게 미소를 지었다.

"이거, 괜찮으시면."

엄마에게 내민 종잇조각에는 '외식권'이라고 인쇄되어 있었다. 점점 물자를 손에 넣기 힘들어져서 식당에서 무얼 먹을 때는 이 외식권이 필요한 시기가 있었다. 토토는 이때 처음으로 외식권을 보았다.

"이렇게 귀한 건 받을 수 없어요."

엄마는 미안해하면서 군인에게 돌려주려 했지만, 군

인은 엄마에게 외식권을 떠맡기듯이 주고 가버렸다.

토토는 전쟁이 끝난 뒤에도 곧잘 그때 일이 떠올랐다. 군인이 혼자 식당에 온 것은 전쟁터로 가기 직전이었을까. 그곳에 토토 모녀가 와서 즐겁게 아이스크림 먹는 모습을 보니 어린 여동생이나 친척 아이들이 생각난 걸까. 그래서 외식권을 엄마한테 준 걸까. 군인은 몸성히 잘 돌아왔을까.

미국과 전쟁을 시작한 것은 그해 말의 일이었다.

토토는 흐지부지 피아노 레슨을 그만두었다.

아직 미국과 전쟁이 시작되기 전, 아빠를 제외한 가족이 모두 홋카이도에 있는 외갓집으로 놀러 간 적이 있다. 엄마는 결혼하고 나서 처음으로 친정에 간 것이었다.

돌아올 때 아오모리에서 우에노로 향하는 기차에서 토토는 창문에 달라붙어 바깥 풍경을 내다보았다. 앞자리에는 아저씨 두 사람이 앉아 "그 밤색 말 아주 좋던데 말이야" "망아지는 싸서 사고 싶더라고" 하며 말 이야기에 열중하고 있었다.

출발한 지 얼마 지나지 않아, 창문 가득 빨간 사과밭

이 토토의 눈앞에 펼쳐졌다.

"사과다! 사과야!"

토토뿐만 아니라 엄마도 함께 큰 소리로 외쳤다. 새빨간 사과가 잔뜩 열려 있는데, 얼마나 예쁘고 맛있어 보이던지 토토는 넋을 잃고 말았다.

"어떡하지? 내릴 수도 없고."

엄마가 아이들에게 그렇게 말하고 있을 때, 앞에 앉은 아저씨 중 한 명이 말을 걸어왔다.

"사과를 사고 싶습니까?"

"네, 그럼요! 사고 싶어요! 사과 같은 걸 먹어본 지 한참 됐어요. 도쿄에서는 팔지도 않아서요."

"우리는 다음 역에서 내리는데……. 아, 부인. 집 주소를 적어주세요."

엄마는 서둘러 수첩을 찢어서 큼직한 글씨로 주소를 적어 아저씨에게 건넸다. 아저씨는 메모를 주머니에 넣고는 다음 역에서 황급히 일어나 내려갔다.

아저씨들이 토토네 집에 사과를 보내준 것은 그 뒤로 약 2주가 지나서였다. 커다란 나무 상자가 두 개나 배달됐는데, 왕겨 속에서 얼굴을 내민 빨간 사과들은 정말

먹음직스러워 보였다. 실제로 사과는 맛있어서 눈물이
날 정도였다.

그 일을 계기로 엄마와 아저씨는 편지를 주고받았다.
누마하타 씨라는 아저씨는 아오모리현 산노혜군 스와노
타이라에서 큰 농장을 경영하고 있었다. 그 후로 감자라
든가 호박 같은 채소를 잔뜩 보내주기도 했다.

어느 날, 아저씨에게서 "내년에 장남이 도쿄에 있는
대학을 가는데 아는 사람이 없다. 하숙하게 해주었으면
한다"라는 편지가 왔다. 엄마는 그 부탁을 흔쾌히 수락
했지만, 그 아들은 토토네 집으로 오기 직전에 군대에
소집됐고, 일 년도 지나지 않아 전사했다는 소식이 들려
왔다.

토토는 전쟁이 끝난 뒤에도 대학생들이 군대에 소집
되어 행진하는 뉴스 영상이 나올 때마다 아저씨의 아들
이 저 속에 있지 않을까 생각하며 눈을 크게 뜨고 보곤
했다.

책은 친구

　토토가 책을 좋아하게 된 것은 아빠 덕분이었다. 육아를 전적으로 엄마에게 맡기고 있던 아빠는 토토에게 책을 읽어주는 것만큼은 자기 몫이라고 여겼던 것 같다. 밤이 되어 토토가 침대에 누우면, 아빠는 기다렸다는 듯이 책을 겨드랑이에 끼고 다가왔다. 의자를 침대 옆으로 끌어오는 소리가 곧 낭독이 시작된다는 신호였다.

　아빠가 읽어주는 책은 주로 동화였다. 어린 토토에게는 그림책이 더 어울렸을지 모르지만, 아빠는 에드몬도 데 아미치스의 《쿠오레》나 버넷 부인의 《소공자》 등 다양한 동화를 매일 밤 조금씩 읽어주었다. 토토는 《쿠오레》를 가장 좋아했다.

그러나 토토는 마음속으로 이렇게 생각했다.

'아빠는 열심히 읽어주시지만, 책 읽는 솜씨는 별로야. 나는 어른이 되면 아이에게 책을 잘 읽어주는 엄마가 될 거야.'

입원했을 때도 토토는 좋아하는 책을 읽으면 아픔이나 가려움 그리고 불안한 마음을 잠시나마 잊을 수 있었다. 입원이 길어지면서 혼자 책을 읽는 습관이 몸에 밴 것은 불행 중 다행이었다. 그림책이나 어린이책에 차츰 흥미를 잃어가던 토토는 퇴원한 뒤 아빠의 책장을 넘보기 시작했다.

토토에게 가장 인상 깊었던 책은 시가 나오야의 《암야행로》였다.

"한번 볼까."

토토는 눈앞에 있는 갈색 표지의 책을 꺼내 들고 휘리릭 넘겨보았다. 아빠의 책은 두껍고 무거웠다. 페이지를 넘길 때마다 그림은 하나도 없고 글씨는 깨알만 했다. 그래도 당시 책에는 한자에 모두 토가 달려 있어서 천천히 따라 읽다 보면 그럭저럭 읽어낼 수 있었다. 동화나 그림책처럼 삽화가 없어 등장인물의 외모라든가 옷, 머리 모양을 상상하는 즐거움도 컸다.

책만 있으면 기분이 좋아지는 토토를 보고, 엄마와 아빠는 '일본 소국민문고'라는 어린이 문학 전집을 사주었다. 전부 열 권이 넘었는데, 토토는 특히 '세계명작선'이라는 제목이 붙은 책을 좋아했다.

이 책에는 레프 톨스토이, 로맹 롤랑, 카렐 차페크, 마크 트웨인 같은 작가들의 작품과 카를 부세의 시, 벤저민 프랭클린의 자서전 등이 실려 있어 어린이용치고는 아주 수준 높은 내용이었다.

토토가 가장 좋아한 책은 에리히 케스트너의 《핑크트헨과 안톤》이었다. 부잣집에서 자란 말괄량이 핑크트헨과 가난하지만 효심 깊은 소년 안톤의 우정 이야기에 푹 빠져들었다.

토토네 집에서는 과자 사 먹는 것은 금지했지만, 책은 외상으로 사도 허락했다. 빽빽한 서점 책장을 유심히 들여다보다 '이거다!' 싶은 책을 발견하면, 계산대에 앉아 있는 아저씨에게 "구로야나기인데요, 이 책 외상으로 주세요"라고 했다. 그렇게 손에 넣은 책을 가슴에 꼭 안고 집으로 달려갔다.

그런데 서점 책장에 큰 변화가 생겼다. 마치 이가 빠진 빗처럼 책장에 빈 곳이 두드러졌다. 이것도 역시 전쟁 탓으로, 물자 부족은 인쇄용 종이에까지 영향을 미쳐 출판사에서는 좀처럼 책을 내지 못했다. 서점에 갈 때마다 휑해진 책장을 보는 것은 몹시 슬픈 일이었다.

그날도 토토는 학교에서 돌아오다가 서점에 들러보았다. 그러나 역시 책장에는 책이 듬성듬성해서, 마치 책이 아니라 책장을 파는 것 같았다. 특히 어린이용 책장은 텅 비어 있었다. 토토는 책장 구석에 꽂힌 얼마 안 되는 책 중에서 한 권을 꺼냈다. 《신작 만담新作落語》이라는 책이었다.

팔리지 않아서 남은 책일까. 이렇게 생각하며 별로 기대하지 않고 읽기 시작했는데, 이게 의외로 재미있었다. 도둑이 들어오지 못하도록 온 집 안에 방범 장치를 설치했는데 자기가 거기에 걸려버린 멍청한 주인 이야기, 방귀를 너무 많이 뀌어서 결혼하지 못한 부잣집 딸이 간신히 결혼하나 싶었더니 첫날밤에 방귀가 나와서 그 기세

에 신랑이 온 방을 일곱 바퀴 반이나 날다가 기절했다는
이야기 등, 등장하는 사람마다 엉뚱하거나 웃음을 자아
내는 결점을 지닌 이들뿐이라 어찌나 재미있던지, 토토
는 새삼 '책은 참 좋구나' 생각했다.

열다섯 알의 콩

전쟁 중 도쿄의 겨울은 지금보다 훨씬 추웠다.

"춥고, 졸리고, 배고파."

도모에학교에서 돌아오는 길에 토토와 아이들은 다들 그렇게 말하며 걸었다. 단순한 리듬을 붙여서 자기들 주제가처럼 부를 때도 있었다.

쌀 배급제가 시행된 것은 태평양전쟁이 시작되기 전이었지만, 얼마 지나지 않아 음식점들은 하나둘 문을 닫았다. 전쟁이 길어지면서 고구마, 콩, 옥수수, 수수 등을 '대용식'으로 배급했다.

도시락이 흰쌀밥에서 콩으로 바뀌었을 때는 그야말로

배고픔에 시달렸다. 운동회 도시락에서도 흰쌀밥이 일제히 사라졌다. '작년 운동회 때는 엄마가 맛있는 유부초밥을 싸주었는데' 생각하니 토토는 너무 슬펐다.

어느 추운 날 아침, 학교에 가는데 엄마가 프라이팬에 볶은 콩 열다섯 알이 든 봉투를 주었다.

"알겠지? 이게 너의 오늘 하루분 식사야."

엄마는 토토의 손에 봉투를 쥐여주었다.

"한꺼번에 다 먹으면 안 된다. 집에 와도 먹을 게 없으니까, 언제 몇 알을 먹을지는 네가 잘 계산해."

그런가. 오늘부터 도시락은 콩뿐이구나. 배가 고파도 한꺼번에 먹으면 안 된다.

"먹고 나면 물을 많이 마셔. 그러면 배가 부를 거야."

엄마는 몇 번이고 토토에게 다짐을 놓았다.

'열다섯 알이라……. 그럼 아침엔 세 알만 먹자.'

그렇게 결심하고 학교에 가는 도중에 먼저 한 알을 먹었다.

바삭바삭.

어금니로 씹었더니 콩 한 알은 입안에서 금세 사라졌

다. 그래서 두 알째.

바삭바삭.

이것도 순식간. 어느새 보니 또 한 알.

'아아, 벌써 세 알이나 먹었어.'

학교에 도착한 토토는 엄마가 시킨 대로 물을 잔뜩 마셨다.

'아까 먹은 콩이 배 속에서 물을 잔뜩 머금어 부풀 거야.'

토토는 배 속의 모습을 상상했다.

'열두 알 남았네.'

토토는 콩이 든 봉투를 바지 주머니에 넣었다.

수업을 받고 있는데 점심때쯤 공습경보 사이렌이 울렸다. 토토네는 교정 구석에 있는 방공호로 피했다. 방공호 입구를 막으면 안은 캄캄해진다. 처음에는 몸을 웅크리고 숨을 죽였지만, 아무것도 할 일이 없으니 슬슬 작은 소리로 이야기를 나누며 시간을 보냈다.

누가 "나 아이스크림 먹어봤다" 하고 말해서, 토토도 "나도"라고 말했다. 좀처럼 경보 해제 사이렌이 울리지 않았다. 캄캄한 방공호 속에서 어째선지 콩이 생각났다.

토토는 참을 수 없어서 주머니에서 봉투를 꺼내 단번

에 두 알을, 흘리지 않게 조심하며 입에 넣었다.

바삭, 바삭바삭.

남은 콩을 지금 당장 다 먹고 싶었다. 그러나 지금 다 먹어버리면 집에 가서 먹을 게 없어진다.

'참자, 참자······.'

다짐하면서 토토는 생각했다.

'나는 지금 콩 열 알이 있어. 어쩌면 이제 곧 이 방공호에 폭탄이 떨어져서 모두 죽을지도 몰라. 그렇다면 지금 다 먹는 편이 좋지 않을까?'

'방공호에는 폭탄이 떨어지지 않아도 집이 공습으로 타버려서, 집에 가면 엄마도 아빠도 돌아가셨을지 몰라. 그럼 어떡하지? 역시 남은 열 알은 지금 먹어버리는 편이 좋으려나.'

이런저런 생각을 하다 보니 토토는 슬퍼졌다.

'집이 타지 않아야 할 텐데.'

그렇게 생각하며 두 알을 더 먹었다.

한참 뒤, '공습경보 해제'를 알리는 소리가 들려서 토토네는 간신히 방공호에서 나올 수 있었다.

"오늘은 이걸로 마칩니다. 집에 가도 돼요."

선생님이 그렇게 말했지만, 집이 가까워질수록 타버리지 않았을지 걱정됐다. 하지만 아침에 나올 때 그대로인 집이 보여서 일단 안심했다.

'아, 다행이다. 집은 타지 않았고 엄마는 살아 있어. 게다가 콩도 아직 여덟 알 남았어.'

토토는 가슴을 쓸어내렸다.

배가 너무 고파서 잠을 이루지 못할 때는 먹고 싶은 것을 그리며 놀았다. 이 놀이는 엄마가 고안한 것으로, 먹고 싶은 음식 그림을 그려놓고 "잘 먹겠습니다" "오물오물" "더 주세요" 하고 먹는 시늉을 한다. 맛있는 달걀말이나 구운 고기 그림을 그려서 "오물오물"을 되풀이했다.

배급은 해초국수로 바뀌었다. 해변에서 건져 올린 두꺼운 다시마를 가루로 만들어, 우동처럼 길게 뽑아낸 곤약에 섞은 것이 해초국수다. 왠지 개구리알 같아서 싫었지만 어쩔 수 없었다. 조미료도 떨어져서 그저 뜨거운 물에 데치기만 한 개구리알 같은 것을 후루룩 먹었다.

어느 겨울 일요일, 토토는 어릴 때부터 다니는 센조쿠 교회 일요 학교에 갔다. 비가 철철 내려 몹시 추운 겨울 아침이었다. 여느 때처럼 "춥고, 졸리고, 배고파"라고 중얼거리며 걸었다. 리듬을 타고 흥얼거리면 소풍이라도 가는 기분이 든다.

바람이 윙윙 소리를 냈다. 눈물이 조금 났을지도 모른다. 토토는 아주 이상한 얼굴을 하고 있었을 것이다.

"어이, 야."

갑자기 순경이 불러 세웠다.

"너 왜 우냐?"

토토는 손으로 눈물을 닦으며,

"추워서요"

라고 대답했다. 그러자 순경이 소리를 질렀다.

"전쟁터에 있는 군인 아저씨들을 생각해봐! 날씨 좀 춥다고 울면 되겠냐. 그런 걸로 울지 마!"

너무 화를 내서 토토는 깜짝 놀랐지만, '그런가. 전쟁 때는 울어도 안 되는구나'라고 생각했다.

'야단맞는 건 싫어. 울어서도 안 되는 게 전쟁이구나. 춥고, 졸리고, 배고파도 울지 말아야지. 군인 아저씨들은 훨씬 더 힘들 테니까.'

그것이 토토가 할 수 있는 최선이었다.

오징어 맛의 전쟁 책임

동네 곳곳에서 긴 행렬이 눈에 띄었다. 가게에 물건이 들어왔다는 소문이 돌면 금세 사람들이 줄을 섰다. 무엇을 파는지는 둘째고, 일단 줄을 서야 한다고 생각해서 여기저기 줄이 생기는 것이었다.

"드디어 내 차례구나 하고 기뻐했는데, 알고 보니 장례식 조문 줄이었어."

어느 날, 엄마가 그런 농담 같은 이야기를 했다. 그 말을 들은 토토도 "아하하하" 하고 소리 내어 웃었다. 그때만 해도 가게에 조금이나마 팔 물건이 있었고, 엄마들도 그런 실수를 우스갯소리로 할 여유가 있었다.

그 무렵, 지유가오카역 앞에서 이런 일이 있었다.

도모에학교에서 돌아오는 길에 전철을 타려고 역 앞까지 걸어가니, 전장으로 떠나는 병사들이 가족과 동네 사람들의 배웅을 받으며 출정 인사를 하고 있었다.

"그렇구나, 저 사람 전쟁터에 가는구나."

그때는 토토의 아빠나 가까운 사람들이 아직 군에 소집되지 않았다. 그래서 그곳에 있는 사람들의 마음을 온전히 이해하기는 어려웠지만, 모두 감정을 억누르는 모습이었다.

"이 깃발을 흔들어라."

처음 보는 광경에 넋을 놓고 있던 토토의 눈앞에 누가 작은 일장기와 구운 오징어 다리 한 가닥을 내밀었다. 올려다보니 모르는 남자가 토토에게 미소 짓고 있었다.

'이게 뭐지? 깃발을 흔들면 오징어구이를 주는 건가?'

배가 고팠던 토토는 얼른 오징어와 일장기를 받아들었다.

모르는 사람한테 물건을 받으면 안 된다고 엄마가 늘 일렀지만, 배가 너무 고파 오징어의 유혹을 물리칠 수 없었다. 주위를 둘러보니 아이도 어른도 병사들을 향해

"만세!"라고 외치며 깃발을 흔들고 있었다.

'역시 오징어는 깃발을 흔들면 주는 거구나.'

토토는 그렇게 생각하고 주위 사람들과 함께 "만세!"
를 외치며 깃발을 열심히 흔들었다.

이윽고 출정식을 마치고 병사들은 역 안으로 사라졌
다. 깃발을 흔들던 사람들도 모두 역 앞을 떠났다.

사람들이 다 떠난 것을 보고 토토는 오징어 다리를 입
에 넣었다.

이 일이 있은 뒤로 토토는 병사들의 출정식을 기다리
게 됐다. 도모에학교는 지유가오카역 바로 앞에 있었다.
역 쪽에서 병사들을 보내는 "만세!" 소리가 들리면, 수
업 중에도 토토는 살그머니 교실을 빠져나와 역으로 달
려갔다. 도모에학교는 교풍이 너무나 자유로워서, 마음
대로 교실을 나가도 나무라지 않았다.

토토는 출정하는 병사들을 위해 열심히 일장기를 흔들
었다. 그때마다 오징어 다리를 받아 신나게 물어뜯었다.

그런데 어느 날부터인지 아무리 깃발을 흔들어도 오
징어 다리를 주지 않았다. 식료품 부족의 여파가 출정식
행사에까지 영향을 준 것이다. 깃발을 흔들어도 오징어

를 주지 않자 토토는 실망해서 출정식에 가는 것을 그만
두었다.

하지만 깃발을 흔들고 받은 오징어의 맛은 오랫동안
토토의 기억에 남게 됐다.

토토의 아빠는 1944년 가을 끝자락에 베이즈北支(지
금의 중국 화베이 지방)로 출정했다. 일본이 패전한 뒤에는
줄곧 시베리아 포로수용소에 억류되어 있다가, 1949년
말에 토토가 사는 기타센조쿠 집으로 돌아왔다. 미국 이
야기를 들려주던 다구치 큰아빠를 비롯해 사랑하는 많
은 사람이 병사가 되어 전쟁터로 향했다.

전쟁이 끝나자 병사들은 일본으로 돌아왔지만, 돌아
오지 못한 병사도 있었다. 오징어를 받고 만세를 부르는
것이 절대 해서는 안 되는 일이라는 것을 전쟁이 끝난
뒤에야 알았다.

토토는 생각했다.

'지유가오카역 앞에서 배웅을 받으며 전쟁터로 향한
병사들 가운데 몇 명이나 무사히 일본으로 돌아왔을까.'

토토가 작은 일장기를 흔들며 병사를 배웅한 것은 오

징어 다리를 먹고 싶어서였다. 그러나 병사들은 깃발을 흔드는 토토 같은 아이들을 보고 '배웅해주는 이 아이들을 위해 싸우자'라고 다짐하며 전쟁터로 떠났을지도 모른다.

만약 그렇다면, 그래서 그 병사가 전사했다면, 그 책임의 일부는 토토에게도 있을 테고, 오징어가 욕심나서 "만세"라고 외친 토토는 병사들의 마음을 배신한 셈이 된다.

어른이 된 뒤에야 그 사실을 깨닫고는 그날 일장기를 흔든 것을 몹시 후회했다. 오징어가 아무리 먹고 싶었어도 토토의 행동은 무책임했다. 그리고 그 무책임함이 토토가 짊어져야 할 '전쟁 책임'이라는 것을 알았다.

1944년 봄, 태평양전쟁이 시작된 지 2년 반이 지났을
무렵에 토토네 집에서는 기쁜 일과 슬픈 일이 잇따라 일
어났다.

4월에 여동생 마리가 태어나 4남매가 된 것이 기쁜 일
이었다. 그런데 5월에 남동생 메이지가 패혈증으로 세상
을 떠났다. 얼마 전까지만 해도 건강하게 학교에 다니던
메이지. 공부도 잘하고 바이올린도 잘 켜고, 메이지와
토토는 언제나 함께였는데. 페니실린 한 병만 있었으면
살릴 수 있는 생명이었다는 이야기를 나중에 들었다.

그런데 희한하게도 토토는 메이지가 죽었을 때의 일

을 기억하지 못했다. 아니, 메이지에 관해 아무것도 기억나지 않았다. "늘 어깨동무하고 함께 학교 다녔잖아"라고 엄마가 말할 정도로 사이가 좋았다는데 왠지 전혀 기억이 없다. 사진을 봐도 '어머, 이런 애였구나'라고 생각할 정도다. 아마 토토는 메이지가 죽었다는 사실을 받아들이지 못해 메이지의 기억을 머릿속에서 쫓아내버렸을 것이다. 그래서 토토의 기억에는 메이지를 잃고 슬퍼하는 엄마와 아빠의 모습도 남아 있지 않았다.

메이지는 숨을 거두기 전에 "하나님, 저는 천국에 가지만, 부디 우리 가족이 평화롭고 즐겁게 살 수 있게 해주세요" 하고 또렷한 목소리로 기도했다고 나중에 엄마에게 들었다.

그해 여름, 엄마는 피란을 가기로 결심했다. 제일 먼저 고려해야 할 것은 어디로 갈지였다. 도쿄에서 태어난 아빠에게는 갈 만한 시골이 없었고, 엄마 고향인 홋카이도는 도쿄에서 너무 멀었다. 그래서 엄마는 아빠를 도쿄에 남겨둔 채, 아직 어린 세 아이를 데리고 피란지를 찾아 떠났다.

첫 번째 후보지는 센다이였다. 토토의 외할아버지가 센다이에 있는 도호쿠대학교 의대를 졸업하고 의사로 일하고 있었기 때문이다.

엄마는 토토 삼 남매를 데리고 센다이역에 내려 역 앞을 한 바퀴 돌았다. 그러다 번뜩 떠오르는 것이 있었던 모양이다.

"안 되겠어. 여기는 분명히 공습이 있을 거야."

엄마의 예감은 적중했다. 이듬해 7월, 센다이는 B-29의 대공습으로 시가지가 모두 타버려 들판이 됐다. 홋카이도의 대자연 속에서 자란 엄마에게는 위험을 감지하는 동물적인 감각이 있었는지도 모른다.

센다이를 포기하고 이번에는 후쿠시마로 향했다. 후쿠시마역에 도착한 엄마는 지나가는 사람에게 "이 근처에 피란 생활을 할 만한 곳 없을까요?"라고 물으며 돌아다녔다. 그러다 이자카온천이 괜찮을 거라는 말을 듣고, 버스에 흔들리며 이자카온천으로 향했다.

이자카온천에는 온천객이 한 명도 없었다. 토토가 다리를 치료하기 위해 유가와라온천에 머물렀을 때는 마을 곳곳에서 온천 김이 피어오르고, 어른이든 아이든 모두 얼굴이 상기되어 활기가 넘쳤다. 유가와라와 너무나 다른 모습에 깜짝 놀랐는데, 그때는 전쟁 상황이 꽤 악화하여 한가로이 온천에 오는 사람이 없었을 것이다.

여러 여관을 돌아다니며 피란지를 찾고 있다고 말하자, 어느 여관 주인이 "우리 여관 방 하나 내줄게요"라고 받아주었다. 엄마는 안도의 한숨을 내쉬며 "잘됐다" 하고 토토의 손을 잡았다. 그런데 그때 토토의 시선은 어떤 것에 고정되어 있었다.

친절한 주인이 입고 있는, 바지라고도 할 수 없고 팬티라고도 할 수 없는 연한 팥색의 헐렁한 저것은 무엇일까? 길이는 토토가 입는 블루머와 비슷했다. 아저씨는 저녁 바람을 쐬며 더위를 식히려는 듯 부채를 팔랑팔랑 부치며 서 있었는데, 그 긴 블루머를 입은 모습이 마치 두 발로 서 있는 동물원의 동물처럼 보였다.

토토는 호기심을 억누를 수 없었다.

"엄마, 저 아저씨가 입고 있는 게 뭐야?"

"저건 사루마타猿股(잠방이)라는 거야."

엄마가 작은 소리로 가르쳐주었다. 토토는 "정말이네! 아저씨 다리, 원숭이 같아" 하고 웃을 뻔했다. 지금 생각해보면, 어른이 조금 칠칠치 못한 차림이었다. 그러나 토토는 '사루마타'라는 말이 마음에 들어서, 이 온천에서 피란 생활을 하면 도쿄와는 또 다른 재미있는 사람들과 아름다운 자연과 처음 보는 동물들을 만날 수 있겠다고 생각했다.

아저씨가 안내한 방은 아주 넓고 훌륭했다. 먹을 것도 도쿄에서보다 쉽게 손에 넣을 수 있을 것 같았다. 엄마는 "피란 생활은 여기서 하기로 결정했어"라고 말했다. 그러고는 도쿄에 있는 아빠에게 전보를 보냈다.

아빠에게서는 바로 답장이 왔는데, 그 전보를 읽고 엄마는 얼굴이 새파랗게 질렸다. 토토네는 당장 짐을 싸서 도쿄로 돌아가게 됐다.

돌아가는 기차에서도 엄마는 줄곧 슬픈 얼굴을 하고 있었다. 나중에 알았지만, 아빠가 보낸 전보에는 "소집 영장이 나왔어"라고 쓰여 있었다.

보병 제1연대 전우

한밤중, 토토는 난생처음 듣는 소리에 잠이 깼다. 방 한구석에서 엄마가 어깨를 떨며 흐느끼고 있었다. 몸속 깊은 곳에서 울려 나오는 듯한 낮고 까슬한 소리가 방 안에 가득했다. 아빠도 함께 우는 것 같았다.

다음 날 아침, 토토는 엄마에게 "왜 울었어?"라고 물었다. 엄마는 표정을 바꾸지 않은 채 조용히 말했다.

"아빠가 군대에 가."

당시 일본에는 징병제가 있었다. 아빠도 스무 살 때 병역판정 검사를 받았는데, 결과는 5단계 중 세 번째인 '병종 합격'이었다. 간신히 통과했지만 현역 복무에는 적합하지 않다는 평가였다. 가장 우수한 등급이 갑종 합격이고, 그다음이 을종 합격이었다. 아빠는 키가 무척 컸는데, 키가 큰 사람은 군복 지급에 문제가 생길 수 있어 갑종이 아닌 을종이나 병종 판정을 받는 경우가 많았다고 한다.

그래서 아빠는 병역을 면제받았다. 병종인 사람은 군대에 가지 않아도 됐을 터였다. 그런데 그런 아빠에게도 '빨간 딱지'라고 불리는 소집영장이 나왔다니, 전황이 얼마나 심각해졌는지 짐작할 수 있었다.

나중에 엄마한테 들은 이야기로는, 아빠의 스승인 작곡가 야마다 고사쿠 선생이 "구로야나기 군은 일본 음악계에 소중한 인재이니 어떡하든 전쟁터에 보내지 않을 수 없을까요?"라며 힘써주었다고 한다. 아빠는 결혼 전에 야마다 선생이 설립한 일본교향악협회 오케스트라에서 연주한 적이 있어 선생님께 무척 사랑받았다. 그러나 전쟁이 길어지면서 오케스트라 단원들이 잇따라 출정한 데다 적국 음악(제2차 세계대전 때 일본이 적대국의 음악을 금지하며 사용한 용어로, 주로 서구 국가들의 음악을 가리킨다—옮긴이)을 연주할 수 없었기 때문에 클래식 연주회는 열 수 없는 상황이었다.

군가를 연주해달라는 요청이 들어온 적도 있었다. 그렇지만 음악가로서 자부심을 품고 있던 아빠는 절대 할 수 없다고 거절했다고 한다. 만약 연주를 했다면 쌀이며 설탕, 양갱 같은 귀한 식료품을 받을 수 있었겠지만, 아무리 가족이 굶주려도 아빠는 군가는 연주할 수 없다는 자세를 고수했다. 엄마도 "어머나, 그럼 연주하지 않아도 돼요"라는 느낌이었지, "가족을 위해 제발"이라고 말하지 않았다. 그것이 엄마의 대단한 점이었다.

아빠의 출정식은 집 앞에서 열렸다. 흰 앞치마를 두르고 국방부인회 띠를 맨 여성들과 국민복을 입은 사람들이 와서 작은 일장기를 모인 사람들에게 나눠주었다. 군복이 전혀 어울리지 않는 아빠는 그들 한가운데 서서 모든 이들의 만세삼창을 들으며 민망한 듯 여러 번 허리를 굽혀 인사했다.

토토는 그때 처음으로 많은 사람들 사이에서 바이올린을 들지 않은 아빠를 보았다. 전쟁 상황이 몹시 심각해진 것 같았지만 자세한 사정은 아무도 알지 못해, 떠나는 아빠도 보내는 사람들도 비장함을 느끼지 못한 것이 그나마 다행이었다.

아빠는 지금의 롯폰기, 도쿄 미드타운 자리에 있던 육군 보병 제1연대에 입대했다. 그리고 일주일도 되지 않아 연대에서 곧 출정할 예정이니 면회를 오라는 연락이 왔다.

엄마는 "아빠한테 면회 갈 거야"라며 어디서 팥을 구해왔다. 출정 축하로 배급받은 쌀과 얼마 남지 않은 귀한 설탕으로 오하기(찹쌀을 쪄서 동그랗게 빚어 팥고물을 묻힌 떡―옮긴이)를 만들었다. 비록 달지 않은 오하기였지만, 그 시절에는 어디에서도 구할 수 없는 귀한 음식이었다. 그러고는 토토와 남동생 노리아키, 갓 태어난 마리를 데리고 사진관에 가서 사진을 찍었다. 전쟁터로 떠나는 아빠에게 가족사진을 전해주기 위해서였다. 토토에게는 생애 처음으로 사진관에서 찍은 사진이었다.

엄마는 머리카락을 세 갈래로 땋아 머리에 빙 두르고, 점퍼스커트 같은 갈색 몸뻬를 입고 마리를 무릎에 앉혔다. 네 살 노리아키는 천진난만한 얼굴로 털실 반바지를 입고서 엄마 옆에 딱 붙어 어린 동생의 손을 잡고 서 있었다. 토토는 옆 가르마를 한 머리에 핀을 꽂고, 하얀 블

69

라우스에 까만 바지를 입었다. 최대한 멋을 냈지만, 사진관에서 가족사진을 찍는 동안 아무도 웃지 않았다.

면회 당일, 오하기와 사진을 들고 보병 제1연대 병영에 도착했을 때는 벌써 많은 가족으로 북적대고 있었다. 그래도 아빠는 금방 찾을 수 있었다.

"아빠!"

"토토스케!"

달려오는 아빠 모습에 토토는 저도 모르게 눈을 동그랗게 떴다. 빡빡 깎은 머리에 카키색 군복을 입고 있었다. 꾀죄죄한 행색에 지카타비(주로 노동자나 군인들이 신발 대신에 착용하는 양말 겸 신발로, 발가락 부분이 갈라져 있다—옮긴이)를 신은 아빠는, 집을 나설 때면 언제나 슈트를 멋지게 차려입던 모습과 너무나 달랐다. 무대에서는 연미복과 반짝이는 에나멜 구두를 신던 아빠였다. 아빠의 달라진 모습에 엄마는 눈물을 글썽였다. 토토는 기억나지 않지만, 엄마 말에 따르면 아빠 허리에는 수통 대신 맥주병이 달려 있었다고 한다.

"이 사람은 전우야."

낯가림이 심한 아빠가 천연덕스레 웃으며 병사 한 명을 소개했다. 그 병사는 입대 전까지는 생선가게를 했다고 한다. 평소 사교성이 부족해 엄마에게만 붙어 있던 아빠가 "전우야" 하며 생선가게 아저씨를 소개하는 모습에 놀라지 않을 수 없었다. '보기와 달리 잘 적응하고 계시는구나' 하는 안도와 함께 기쁨이 밀려왔다.

토토는 병사가 된 아빠가 외롭지 않기를 바랐다. 가족과는 잘 떠들지만, 다른 사람들과는 말을 잘 섞지 않던 아빠에게 친구가 생긴 것을 보고 안심했다. 일을 통해 알게 된 음악가 친구가 아니라 일상의 이야기를 나눌 수 있는 친구가 생겼다는 사실에 마음이 놓였다.

토토는 생선가게 아저씨에게

"아버지를 잘 부탁드립니다"

하고 말했다. 조금 어른스럽게 들리도록.

생선가게 아저씨도

"저야말로 항상 많은 신세를 지고 있습니다"

하고 웃으며 대답했다. 아빠보다 젊은 사람이었다.

생선가게 아저씨는 친척이 면회 온다며 먼저 가고, 아빠와 엄마, 토토와 두 동생은 막사 옆 빈터에 앉았다. 엄마가 갓 찍은 가족사진을 아빠에게 건네자, 아빠는 사진을 보고는 작은 소리로 말했다.

"마마 예쁘네."

그때는 '마마ママ(엄마)' '파파パパ(아빠)'라는 말을 적국의 표현이라고 했기 때문에 사람들 앞에서는 '어머니' '아버지'라고 한 터라, 토토는 순간 움찔했다. 그러나 주위에 듣는 사람은 없었다. 아빠는 사진을 가슴 주머니에 소중히 넣으며 가족을 향해 오른쪽 엄지를 치켜세웠다. 지금이야 익숙한 제스처이지만, 그 무렵에는 아빠 정도만이 엄지를 세우며 '좋아요'를 표현했다. 외국 음악가들과 일하던 아빠는 그 동작에 익숙해져 있었다.

가족끼리 오붓하게 이런저런 이야기를 나누었다. 아빠는 오하기를 먹으며 "오랜만에 맛있는 걸 먹었네"라고 만족스러워했다. 아빠는 가족들이 상상했던 것보다 훨씬 건강해 보였다.

눈 깜짝할 사이에 시간이 흘러, 아빠가 문까지 배웅해 주었다. 또 여기로 오면 아빠를 만날 수 있을까. 그런 생각을 하던 토토는, 아빠가 돌아서서 막사 쪽으로 가려 할 때

"사요나라 산카쿠! 마타 기테 시카쿠!"('안녕, 또 봐'라
는 뜻으로, 산카쿠·시카쿠는 운율을 맞추기 위해 사용한 단어—
옮긴이)

하고 큰 소리로 외쳐보았다. 아이들 사이에서 유행하
던 작별 인사였다. 아빠는 빙그레 웃으며 두 팔을 높이
들어 더 크게 손을 흔들었다. 엄마와 토토, 동생들도 함
께 손을 흔들었다.

아빠와 헤어지고 막 걸어가려 할 때였다. 군복을 깔끔
하게 입은, 지위가 높아 보이는 군인이 다가와 엄마에게
속삭였다.

"부군의 부대는 일주일 뒤, 시나가와역에서 20시에
출발하는 야간열차를 타고 떠납니다."

엄마는 놀라서 "정말이에요?" 하고 물었다.

"단, 출발 플랫폼에는 들어갈 수 없습니다. 멀리서 배
웅해야 합니다."

그 군인은 그렇게 말하고 아무 일도 없던 것처럼 훌쩍
가버렸다.

엄마는 토토 남매들에게 "여기서 잠깐 기다리렴" 하

더니 다시 아빠를 만나러 문 안으로 들어갔다. 그리고 가족이 시나가와역까지 전송하러 갈 것이며, 수많은 병사들 속에서 아빠를 알아보기 어려우니 아빠는 일장기 부채를 흔들어 신호를 보내기로 약속하고 돌아왔다.

그 군인이 왜 그런 비밀을 가르쳐주었는지는 알 수 없었다. 토토네 가족이 슬퍼 보여서 그랬는지, 아니면 엄마가 미인이어서 그랬는지. 하지만 그가 알려준 것은 사실이었다.

아
빠
,
전
쟁
터
로
떠
나
다

아빠가 전쟁터로 떠나는 그날 밤, 어린 마리와 노리아
키를 이웃에 맡기고, 토토와 엄마는 시나가와역으로 향
했다. 밤의 시나가와역은 등화관제 때문에 캄캄했다.

토토네 같은 가족이 스무 팀 정도 모여 있었다. "여기
서 전송하십시오"라는 지시에 따라, 아빠들이 서 있는
멀리 떨어진 플랫폼을 야마노테선 플랫폼에서 바라보았
다. 어두컴컴한 속에서 야간열차에 올라타는 병사들이
보였다. 하지만 너무 멀고 너무 어두워서 얼굴을 알아볼
수가 없었다.

아빠는 분명히 일장기 부채를 흔들어줄 터였다. "아버

지!" 하고 최대한 크게 소리를 지르며, 멀리 희미하게 보이는 병사들을 향해 손을 흔들었다. 다른 가족들도 마찬가지로 목소리를 높이며 손을 흔들었다.

그러자 열차에 탄 병사들이 일제히 일장기 부채를 펼쳐 이쪽을 향해 흔드는 게 아닌가. 모든 병사가 똑같이 부채를 흔들 것이라고는 엄마와 아빠가 미처 생각지도 못한 일이었다.

어쩌면 영영 작별할지도 모른다는 생각에, 토토는 어떤 사람이 아빠인지 꼭 찾고 싶었다. 아빠에게도 가족의 모습을 눈에 새겨주고 싶었다.

토토와 엄마는 혈안이 되어 아빠를 찾았다. 저 사람이 아빠인가 싶어 손을 흔들면 그 사람도 이쪽을 향해 손을 흔드는 것 같았고, 저쪽인가 싶어 손을 흔들면 그 사람도 이쪽을 향해 손을 흔드는 것 같았다. 다른 가족들도 저마다 "저 사람이 아버지야" 하며 필사적으로 찾고 있었다. 그러다 부채를 흔드는 리듬이 혼자만 독특한 사람을 발견하고 토토와 엄마는 그 사람이 아빠가 분명하다고 믿었다. 토토와 엄마가 손을 흔들면, 그 부채가 더 크게 흔들리는 것처럼 보였다.

이윽고 열차가 조금씩 움직였다. 그에 맞춰 토토와 엄마도 팔이 떨어져라 흔들며, 사람들과 부딪치면서도 플랫폼 끝까지 달려가 아빠에게 작별 인사를 했다. 야간열차는 밤의 어둠 속으로 사라져갔다.

"분명히 그 사람이 아빠였어."

토토와 엄마는 그렇게 말하며, 플랫폼보다 더 어두운 시나가와역 지하통로를 걸었다. 저벅저벅 발소리가 울리고, 토토 근처를 다른 병사들이 행진하며 지나갔다.

토토는 그 병사들에게 길을 비켜주려다 그만 통로 끝에 있는 웅덩이에 빠지고 말았다. 캄캄한 어둠 속에서 무릎까지 푹 잠긴 토토 옆으로 병사들이 저벅저벅 지나갔다.

"어머니!"

토토는 비명을 질렀다. 그러자 저벅저벅 발소리를 내며 행진하던 병사들 대열에서 외치는 소리가 들렸다.

"테츠코!"

놀라서 고개를 들자, 거기에 아빠가 서 있었다! 아빠의 부대는 이제 막 열차를 타려던 참이었다.

꿈이 아닌가 싶었다. 엉겁결에 손을 잡자, 그 손은 틀림없이 토토가 가장 좋아하는, 뼈가 굵고 손가락이 긴, 커다란 아빠의 손이었다.

"어머니, 여기 아버지가!"

토토는 소리쳐 엄마를 불렀다.

황급히 달려온 엄마는 아빠가 그곳에 있는 것을 보고 깜짝 놀라며 기뻐했다. 그러나 몇 마디 나누고 아빠는 서둘러 대열로 돌아가 다시 걷기 시작했다. 토토와 엄마는 한 번 더 아빠를 전송하기 위해 야마노테선 플랫폼으로 돌아갔다.

플랫폼은 여전히 얼굴을 분간할 수 없을 만큼 어두웠지만, 엄마는 이렇게 말했다.

"괜찮아. 다른 병사들이랑 헷갈리지 않게 부채를 지휘봉처럼 흔들어달라고 아빠한테 말해뒀으니까."

엄마 말대로 일제히 일장기 부채를 흔드는 병사들 가운데 한 명만이 지휘봉처럼 부채를 흔들었다. 토토와 엄마는 그 사람이 아빠임을 확신하고 열심히 손을 흔들며 진짜 작별을 했다.

만약 토토가 웅덩이에 빠진 순간과 아빠의 부대가 토

토 옆을 지나가는 순간이 몇 초라도 어긋났더라면, 토토
와 엄마는 다른 병사를 아빠라 믿고 집으로 돌아갔을 것
이다. 아빠는 아빠대로 필사적으로 부채를 흔들며 출정
했을 테고.

평소 구멍이 뚫린 곳이나 공사하는 곳 등 위험한 곳을
일부러 찾아다니는 게 토토의 취미여서 어른들에게 늘
주의를 받았지만, 그날 밤만큼은 그런 자신을 칭찬하고
싶었다. 시나가와역에서 아빠와 재회한 것은 신의 계획
이었다고 생각할 수밖에 없었다.

아빠가 그때 "토토스케"가 아니라 "테츠코"라고 부른
것은 주위 사람들이 들으면 부끄럽기 때문이었을까? 전
쟁터에 간 아빠에게서는 딱 한 번 편지가 왔는데, '군사
우편'이라고 빨간색 도장이 찍힌 엽서에 "다들 잘 지내
니? 아빠는 나라를 위해 일하고 있단다. 몸조심하고 힘
내"라는 무난한 문장이 쓰여 있을 뿐이었다. 검열을 하
니 어쩔 수 없었을 것이다.

그 뒤로 아빠의 편지는 뚝 끊겼다.

도쿄 대공습

정원에 있던 온실 한가운데에 구멍을 깊이 파서 방공호로 사용했다. 아빠와 엄마가 직접 판 구멍이라 크지는 않았지만, 공습경보 사이렌이 울리면 가족 모두 그곳에 들어가 숨을 죽였다. 도쿄 공습은 아빠가 출정한 뒤로 갑자기 심해져, 연일 도쿄 어딘가가 B-29의 공습을 받았다.

그날 밤도 사이렌이 울리자 평소처럼 방공호로 피했다. 자정을 넘긴 늦은 시간이었다. 매일 밤 방공호에 들어가는 일이 거듭되면서 수면 부족 상태가 이어져, 얼른 경보 해제 사이렌이 울리기만을 기다렸다.

그런데 그날 밤은 조금 달랐다.

밖이 유난히 밝았다. 방공호 틈으로 올려다보니 하늘이 온통 새빨갛게 물들어 있었다. 소이탄이 떨어져 불이 나서 하늘이 붉게 물든 모습을 몇 번이나 봤지만, 그날 밤의 하늘은 무서울 정도로 빨갛게 타올랐다.

너무 밝아서 토토는 방공호를 뛰쳐나와 집으로 돌아가 책가방에서 책을 꺼내다가 정원 한가운데에서 펼쳐 보았다. 놀랍게도 책을 읽을 수 있었다. 밤인데 이렇게 밝다니, 집 근처에 큰불이 난 것이 틀림없었다.

토토는 방공호 속에 있는 엄마에게 말했다.

"엄마, 큰일났어. 책을 읽을 수 있을 정도로 밖이 밝아. 분명히 오오카야마 근처에 불이 났을 거야."

그 소리를 듣고 밖으로 나온 엄마는 더욱 붉어진 하늘 한쪽을 응시하더니, "괜찮아" 하고 자신 있게 말했다.

"밤에 난 불은 가깝게 보이지만, 실제로는 훨씬 더 멀어. 그러니까 괜찮아."

엄마에게 어떻게 그런 지식이 있는지 알 수 없었다. 그래도 그 말을 들은 토토는 조금 마음이 놓였다.

그날 밤은 추위와 공복으로 꼼짝도 하지 않고 보냈다. 이튿날 아침, 지칠 대로 지쳐 있을 때 이웃 사람이 찾아왔다.

"한 집에 한 사람, 남자들 삽 갖고 모이세요."

"남편이 출정해서 어른 남자가 없어요."

"그럼 삽이라도 빌려줘요."

"그건 할 수 있는데, 무슨 일이 생겼나요?"

"어제 공습으로 변두리 쪽이 많이 탔어요. 사람이 많이 죽은 모양입니다. 지금부터 다 같이 시신을 정리하러 갑니다."

1945년 3월 10일, 악몽 같은 하룻밤이 밝았다. 300대에 가까운 B-29 폭격기가 혼조와 후카가와 부근을 중심으로 소이탄 세례를 퍼부어, 밤사이에 10만 명 가까운 사람이 희생됐다.

도쿄 대공습.

전날 밤에 하늘이 새빨개진 것은 그 때문이었다. 새빨갛게 타오르던 그 하늘은 여전히 뇌리에 새겨져 떠나지 않는다. 토토의 집이 있던 기타센조쿠에서 변두리 쪽까지 가려면 지금도 전철로 한 시간쯤 걸린다. 그렇게 먼 곳에서 난 화재인데 정원에서 책을 읽을 수 있을 정도로 밝았다니, 얼마나 지독한 공습이었을까.

미국은 나무와 종이로 만든 일본 가옥을 공격하려면 건물을 폭발시켜 파괴하는 폭탄보다 불을 붙여 태우는 소이탄이 더 효과적이라고 생각했다는 점이, 전쟁이 끝난 뒤에 명확해졌다. B-29에서 떨어진 소이탄은 몇 개로 나뉘어 불이 붙어서 떨어지게끔 설계돼 있었다.

엄마는 더 이상 도쿄에 있으면 위험하다는 최종 판단을 내렸다.

"이제 여긴 위험해. 얼른 피란을 가야겠어. 사과랑 채소를 보내주는 누마하타 아저씨네로 가보자."

피란 준비가 시작됐다.

우선은 주변 정리부터 해야 한다. 가져갈 수 있는 물건이 한정되기 때문이다. 토토에게는 소중한 것이 두 가지 있었다. 하나는 아빠가 1940년에 축하 연주 여행으로 만주에 갔을 때 선물로 사온 커다란 곰 인형이었다. 아빠는 그 연주 여행에서 청나라 마지막 황제 푸이의 요청으로 연주했다고 한다. 토토는 그 인형을 '쿠마짱'이라고 불렀다.

또 하나는, 토토가 더 어릴 때 미국에서 돌아온 큰아

빠에게 받은 판다 인형이다. 공습경보 때도 륙색에 넣어 방공호에 데려가는 것이라 피란지에도 꼭 데려가고 싶었다. 쿠마짱은 짐이 되니까 포기하라는 엄마의 한마디에 두고 가게 됐지만, 판다 인형은 데려가기로 했다.

엄마가 가져가기로 한 것은 가족사진, 아빠 연주회 사진과 프로그램북 같은 추억의 물건이었다. 짐을 다 싼 엄마는 응접실 소파의 고블랭 천을 싹둑싹둑 잘랐다. 로코코풍 무늬가 멋진 그 천으로 엄마는 보자기를 대신해 짐을 싸기로 했다. 중요한 것을 싸서 빵빵해진 고블랭 보따리는 마치 산타클로스의 선물 자루 같았다.

"기다려줘. 바로 돌아올 테니까."

아빠가 앉던 의자에 쿠마짱을 앉혀놓고 토토네는 기타센조쿠 집을 떠났다.

토토、피란 가다

덜컹덜컹, 덜컹덜컹.

토토는 캄캄한 밤을 가르며 달리는 아오모리행 야간 열차에 몸을 맡긴 채 흔들리고 있었다. 창밖은 캄캄한 어둠뿐, 아무것도 보이지 않았다. 2인석 의자 한가운데에 앉아 있었지만, 토토 양옆에는 엄마도, 노리아키도, 마리도 없었다. 대신 모르는 아줌마와 아저씨가 자리했다. 혼자 남은 토토의 오른손에는 엄마가 쥐여준 열차표와 '우에노, 후쿠시마, 센다이, 모리오카, 시리우치'라고 적힌 종이 한 장이 들려 있었다.

전쟁이 끝나던 해, 3월 중순의 일이었다.

그날 아침, 토토는 엄마, 노리아키 그리고 아직 돌이 되지 않은 마리와 함께 우에노역으로 향했다. 우에노역은 사람들로 넘쳐났다. 짐을 잔뜩 안은 어른들이 우다다다, 마치 땅이 울리는 듯한 소리를 내며 서로 먼저 가겠다고 개찰구로 몰려들었다. 등에 륙색을 멘 엄마는 왼손으로 노리아키의 손을 잡고, 마리는 아기띠로 안았다. 그리고 오른손에는 커다란 가방을 들었다.

토토가 노리아키의 손을 잡으려 내미는데, "걸리적거리게!"라는 소리와 함께 낯선 아저씨가 부딪치며 지나가 토토는 그만 넘어질 뻔했다.

"위험하잖아요!"

토토가 소리쳤다.

그러자 엄마가

"만약 엄마랑 떨어지게 되더라도 무조건 아오모리행 열차를 타. 그리고 꼭 시리우치역에서 내려서 엄마랑 노리아키랑 마리를 찾아"

하고 말했다. 그러고는 진지한 표정으로 토토의 손에 '우에노, 후쿠시마, 센다이, 모리오카, 시리우치'라고 적힌 종이와 기차표를 쥐여주었다. 무서울 정도로 진지한 표정이었다. '시리우치'는 지금의 '하치노헤'다.

개찰구에서 플랫폼으로 가는 길은 너무도 험난했다. 엄마 뒤에 바짝 붙어 따라가고 있다고 생각했는데, 양옆에서 사람들이 밀어대는 바람에 어느새 낯선 아저씨들에게 둘러싸이고 말았다. 짐 보따리들이 토토의 얼굴을 쳐서 아프고, 숨을 쉬기도 힘들었다. 자기가 걷고 있다기보다 어른들 짐에 끼여 이리저리 떠밀려가는 느낌이 들었다. 왠지 너무 무서웠다.

엄마와 동생들이 점점 멀어져갔다. 어떡하지. 열차가 보이자 어른들의 걸음이 더 빨라졌다.

"아악!"

토토는 플랫폼 반대쪽으로 튕겨 나가며 엉덩방아를 찧었다. 엉덩방아를 찧은 채로 열차 쪽을 바라보니, 서로 밀치며 열차에 올라타는 사람들과 짐을 창문으로 던져 넣는 사람들이 보였다. 엄마와 동생들은 열차에 탄 것 같았다.

'어떡하지······.'

출발을 알리는 역무원의 목소리가 플랫폼에 울려 퍼진 그 순간, 열차 창 너머로 엄마가 보였다. 엄마와 눈이 마주쳤다.

"시리우치역에서 기다리고 있을게."

엄마의 입술이 분명 그렇게 움직이는 것처럼 보였다.

사람들로 가득 찬 열차가 '뿌우' 기적 소리를 울리며 출발을 했다. 그렇게 북적이던 플랫폼이 순식간에 텅 비었다.

"아오모리 가는 기차는 또 언제 와요?"

토토는 바빠 보이는 역무원에게 물었다.

"오늘은 임시열차가 없어서 다음 열차는 저녁 8시에 있는데, 너 혼자 아오모리까지 가니?"

"네, 아까 기차를 놓쳐서 가족과 시리우치역에서 만나기로 했어요."

토토의 말을 들은 역무원은 안쓰러운 듯한 말투로 말했다.

"큰일이구나. 플랫폼에 들어갈 시간이 되면 알려줄 테니 여기서 기다리고 있으렴."

도호쿠본선 플랫폼은 마치 피스톤 운동을 하듯 끊임없이 열차가 드나들었다. 상행선 열차가 도착해 승객을 내려놓으면, 그 열차에 곧바로 다른 승객들을 태우고 출발했다. 토토가 플랫폼 구석에서 아오모리행 열차를 기다리는 동안에도 '우쓰노미야행' '시라가와행' 열차가 번갈아 출발했다. 그때마다 플랫폼은 발 디딜 틈 없이 붐볐다가 다시 텅 비곤 했다.

많은 사람이 오가는 모습을 지켜보는 사이에 어느덧 밤이 찾아왔다.

"슬슬 저기 가서 줄을 서면 돼. 조심해서 가거라."

아까 그 역무원이 알려주었다. 토토는 그 역무원이 일러준 대로 승강장 제일 앞에서 기다리기로 했다. 얼마 지나지 않아 다다다다 하는 발소리와 함께 사람들이 몰려들었다. 토토가 다시금 밀려드는 사람들 사이에서 몸이 뻣뻣해졌을 때, 어떤 아주머니가 다정한 목소리로 말을 걸어주었다.

"떠밀리지 않게 다리에 힘 꽉 주고 서 있어."

고개를 들어보니, 사과처럼 뺨이 붉은 아주머니가 웃으며 토토를 바라보고 있었다.

아오모리행 열차의 문이 열리자, 토토는 "에잇!" 하며 열차에 올라탔다. 뒤에서 사람들이 줄줄이 올라탔다. 통로 안쪽으로 떠밀려서 깔려 죽을 것 같다는 생각이 들었을 때, 사과 같은 뺨의 아까 그 아주머니가 토토의 손을 휙 잡아서 2인석 한가운데에 앉혀주었다.

"너는 작아서 여기 앉을 수 있겠지."

토토의 몸은 아주머니의 팔에 안겨 좌석 한가운데로 쏙 들어갔다.

주위를 둘러보니 4인석에 어른이 여섯 명씩 앉아 있었다. 좌석 발밑에도 두세 명씩 앉아 있고, 통로에도 사람들이 꽉꽉 들어찼다. 토토는 운 좋게 자리에 앉았지만, 자리라는 자리, 바닥이라는 바닥이 순식간에 사람으로 메워졌다.

뿌우―.

증기기관차가 기적을 울리고, 끼익끼익 금속이 서로 스치는 소리가 났다. 우에노발 아오모리행 완행열차는 캄캄한 어둠을 뚫고 북쪽을 향해 달리기 시작했다.

시리우치에는 다음 날 점심때가 지나서야 도착한다. 엄마와 동생들을 제대로 만날 수 있을까. 토토와 수많은 사람의 불안을 싣고 무거워진 열차는 천천히 속도를 올렸다.

다들 말이 없었다.

공습을 당할지 모른다는 불안 속에 열차 안에서도 집
에서처럼 등화관제가 실시됐다. 이제 막 봄이 시작됐을
뿐이라 여전히 너무 추웠고, 배도 고팠다. 토토는 간신
히 자리에 앉았으니 잠이라도 자야겠다고 생각했다. 하
지만 삼등칸 좌석은 딱딱하고 긴 나무 의자여서, 발끝부
터 전해지는 열차의 진동에 시간이 조금 지나자 엉덩이
가 아파왔다.

긴장한 탓이었을 것이다. 눈을 꼭 감아도 좀처럼 잠이
오지 않았다. 하는 수 없이 륙색을 열어 사랑하는 판다

인형을 어루만졌다. 토토가 가져온 인형 중 가장 부드러운 것이어서, 만지고 있으니 마음이 조금 차분해졌다.

역에 정차할 때마다 창문으로 짐이 휙휙 날아들었고, 그 뒤로 "미안합니다" 하며 사람들이 올라탔다. 10분 간격으로 어딘지 모를 역에 멈췄는데, 토토는 그때마다 창문으로 누가 들어올까 봐 몸을 사렸다.

역에 도착할 때마다 조마조마해하는데, 이번에는 "잠깐 실례합니다" 하며 창문에서 뛰어내리는 사람도 있었다. 좌석 아래에 앉아 있던 사람들은 올라타는 사람들의 손을 잡아주기도 하고, 내려가는 사람에게 짐을 건네주기도 했다. 우에노를 막 출발했을 때는 모두 신경이 곤두서 있었지만, 자리를 확보하고 나자 신기하게도 협력하는 태도를 보였다.

토토는 오줌이 너무 마려웠다. 피란지를 찾아 센다이와 후쿠시마에 갔을 때도 도호쿠본선을 탄 적이 있어, 화장실이 차량 끝에 있다는 것은 알고 있었다. 그러나 이런 대혼잡 속에서 화장실까지 무사히 갈 수 있을까.

토토가 안절부절못하고 있자, 토토를 앉혀준 창가의

아주머니가 왜 그러느냐고 물었다.

"오줌이 마려워서요."

그렇게 대답하자 아주머니의 아오모리 사과 같은 뺨
이 더 붉어졌다.

"다음 역에 서면 내가 방법을 알려줄 테니, 그때까지
참을 수 있겠니?"

"네."

"역에 정차하는 동안 창문으로 해결하면 돼. 내가 손
을 잡아줄 테니 걱정하지 말고."

세상에! 창문으로 오줌을? 그런 부끄러운 짓을 어떻
게 하나.

토토는 창문으로는 도저히 무리라고 생각하고, 어쨌
든 화장실에 가기로 마음먹고 일어섰다.

"죄송합니다. 지나갈게요."

토토는 통로에 앉은 사람들을 헤치고 화장실로 향했
다. 객차 안에는 최소한의 전등만 켜져 있어 발밑이 잘
보이지 않았다. 천장을 뜯고 달빛을 따라가는 편이 백
배 더 나을 듯했다.

사람들은 모두 친절했다.

"어이, 거기 비켜줘."

"아이가 지나가야 해."

이렇게 말하며 길을 내주었다.

길을 비켜준 아저씨가 토토에게 "혼자니?" 하고 물었다. 사실은 혼자였지만, 혼자라고 대답하면 유괴되어 엄마를 만나지 못할까 봐 두려워서

"아뇨, 옆 차량에 오빠가 있어요"

하고 대답했다. 토토는 어릴 때 가장 무서워한 것이 '유괴'였기 때문에, 거짓말을 한 것이다. 토토가 상상한 '유괴범'은 빨간 망토를 걸친 무서운 인물이었지만, 그날 밤 야간열차에는 망토 같은 멋진 옷을 입은 사람은 하나도 없었다.

토토는 간신히 화장실 앞에 도착했다. 그러나 바로 눈앞이 캄캄해졌다. 화장실 문은 열려 있었는데, 문 앞과 화장실 안에까지 사람들이 빈틈없이 앉아 있었다. "죄송합니다. 볼일을 보고 싶은데 비켜주실 수 있을까요?" 하는 말이 도저히 나오지 않았다. 변기 너머에도 남자가 앉아 있었다.

안 되겠다, 포기하자. 다시 "죄송합니다, 죄송합니다"

를 되풀이하며 본래 자리로 되돌아갔다.

"화장실 썼니?" 아주머니가 물었다.

"사람이 너무 많아서 쓰지 못했어요."

토토가 대답하자 아주머니는 "거봐" 하며 씩 웃었다.

몇 분 뒤, 열차가 어느 역에 섰다.

그러자 아주머니가 갑자기 좌석 위로 올라서더니, 힘껏 창문을 열고 몸뻬를 내리고는 맨엉덩이를 창밖으로 내밀었다.

"봐, 이렇게 하면 돼."

쏴아─.

캄캄한 어둠을 향해 오줌이 사방으로 기세 좋게 튀는 소리가 들렸다. 어두컴컴한 차 안에서 아주머니의 흰 허벅지가 어슴푸레하게 보였다. 하얀 무릎이 토토의 얼굴 바로 옆에 있었다. 토토가 어안이 벙벙해 있는 사이, 아주머니는 순식간에 몸뻬를 허리까지 끌어 올렸다. 재빠른 솜씨였다.

"어두워서 아무도 못 봐."

아주머니는 그렇게 말하며 토토의 머리를 창밖으로

밀었다. 토토가 창밖을 좌우로 살피자, 동그랗고 허연 것이 몇 개 튀어나와 있었다.

"역에 서는 시간이 짧으니까, 너도 다음 역에서 얼른 눠라."

흉하다든가 부끄럽다든가 그런 말을 할 겨를이 없다. 토토가 창으로 오줌을 누든 말든 아무도 신경 쓰지 않는다. 나무라는 사람도 없다. 오히려 너무 참아서 싸는 쪽이 더 큰 민폐가 될 터였다.

다음 역에 도착했을 때, 옆자리 아주머니가 말없이 창문을 열고 토토에게 자리를 내주었다. 토토가 바지를 내리고 엉덩이를 창밖으로 내밀자, 아주머니는 토토가 떨어지지 않게 왼손을 단단히 잡아주었다. 토토는 오른손으로 창틀을 꽉 붙잡았다.

서늘한 바람이 토토의 엉덩이를 스쳤다.

쏴아―.

기세 좋게 오줌이 나오고 열차 몸체에 부딪히는 소리가 들렸다. 손을 잡아준 아주머니 말고는 아무도 토토를 신경 쓰지 않았다.

토토는 태어나 처음으로 화장실이 아닌 곳에서 볼일

을 보았다. 그런데 부끄럽지도, 이상하지도 않았다.

'차창에서 오줌을 누다니!'

'이 이야기를 내일 엄마에게 꼭 해야지!'

'엄마와 동생들은 아침이면 시리우치에 도착할 텐데, 지금은 어디쯤 달리고 있을까.'

'노리아키는 얌전히 있을까? 마리는 칭얼대지 않을까?'

그런 생각을 하다가 토토는 어느새 스르르 잠이 들었다.

"
엄
마
!
"

토토는 조금 무서운 꿈을 꾸었다.

악몽을 꾸며 몸부림치는 토토의 어깨를 사과 같은 뺨
의 아주머니가 두드리며 깨워주었다. 창밖으로 보이는
아침노을이 무척이나 아름다웠다.

아주머니는 모리오카역에서 내렸다. 오줌 눌 때 말고
는 거의 아무 말도 나누지 않았다. 이 열차에 탄 사람들
은 모두 저마다의 사정이 있다는 것을 어린 마음에도 알
수 있었다. 토토는 궁금한 게 많았지만, 아주머니와 잠
깐 대화를 나눈 것 외에는 거의 입을 다물고 있었다.

아주머니는 내릴 때, 신문지로 구겨 싸둔 것을 짐 속

에서 꺼내 토토 손에 쥐여주었다. 삶은 감자였다. 열차가 달리기 시작하자 토토는 감자 냄새를 킁킁 맡았다. 끝을 조금 베어 물었더니 그 한 입만으로도 맛있고 부드러운 감촉이 목으로 넘어가는 듯해, 그다음에는 정신없이 먹어 치웠다. 앞에 앉은 아저씨의 시선을 느낀 것은 감자를 다 먹고 나서였다. 갑자기 부끄러워진 토토는 "실례했습니다"라고 말했다.

창밖에는 눈이 갓 녹아내린 갈색 밭이 펼쳐져 있었고, 그 끝에 아직 눈이 남아 있는 숲과 산이 있었다. 숲도 산도 도쿄보다 훨씬 짙은 색이었다.

기차는 스와노타이라역에 정차했다. 지금까지 지나온 역들보다 훨씬 작은 역이었다. 몇 년 전, 외갓집에 다녀오는 길에 만난 누마하타 아저씨가 이 역에서 내린 것이 어렴풋이 기억났다. 토토는 '누마하타 아저씨네로 가는데 왜 스와노타이라역이 아니라 시리우치까지 가는 걸까' 생각했다. 기차는 다시 뿌우 기적을 울리며 달렸다.

30분쯤 지나 환승 플랫폼이 있는 큰 역에 도착했다.

플랫폼에서 "시리우치~, 시리우치~"하는 소리가

들리자, 토토는 엄마와 동생들을 만날 수 있다는 기쁨에 가슴이 벅차올라 플랫폼으로 폴짝 뛰어내렸다.

서늘한 바람이 뺨을 스치고 지나갔다. 숨을 깊이 들이마시니, 지금껏 경험해보지 못한 차갑고 푸르고 맑은 맛이 느껴졌다.

안내판의 화살표를 따라 두 개의 선로를 건너는데, 멀리서 "테츠코!" 하는 반가운 목소리가 들려왔다.

개찰구 너머에 엄마와 동생들이 있었다!

토토는 주머니 속에 소중히 간직했던 차표를 역무원에게 건네고는 쏜살같이 엄마에게로 달려갔다.

"엄마!"

마리를 업고 왼손으로 노리아키를 잡고 있던 엄마는 오른손을 활짝 벌려 토토를 따뜻하게 맞아주었다. 우에노역에서 헤어진 지 만 하루가 지났다.

"우리는 오전에 도착해서 시장에 가서 먹을 것을 사왔단다."

엄마는 그렇게 말하며 대나무 껍질에 싼 보리와 현미 주먹밥을 보여주었다.

"우아!"

비록 흰쌀밥은 아니었지만, 제대로 된 주먹밥은 오랜만에 보는 터라 토토는 저도 모르게 소리를 질렀다.

"저기 긴 의자에 가서 먹자. 역 화장실에 수도가 있으니까 손 씻고 물도 마시고 와. 노리아키도 같이."

그러고는 네 식구가 커다란 우메보시 주먹밥을 함께 먹었다. 토토는 기차 안에서 있었던 일을 엄마에게 이야기했다. 기차가 초만원이었던 것, 모두 창문으로 드나들던 것, 창문으로 오줌 눈 것, 아침노을이 아름다웠던 것, 아주머니가 삶은 감자를 준 것 등등.

그러자 노리아키가 "좋겠다, 감자 먹어서"라고 말했다.

"노리아키, 아까도 봤지? 여긴 도쿄와 달리 안전하고 먹을 것도 많아. 살 곳이 정해지면 배불리 먹을 수 있게 엄마도 열심히 일할 테니, 그때까지만 참아주렴."

엄마는 그렇게 말하며 노리아키를 달랬다.

모두 24시간 가까이 제대로 잠을 자지 못한 채 기차를 타고 와서 녹초가 됐다.

"오늘은 여관에 묵으며 쉬자꾸나. 누마하타 아저씨 집에는 내일 가고."

토토가 도착하기 전에 엄마는 묵을 곳을 찾아두었다.

기차 안에서는 불안했지만 지금은 바로 옆에 엄마가 있고, 노리아키도 마리도 방긋방긋 웃고 있다. 공습경보도 들리지 않았다. 여기에서는 "어머니"가 아니라 "마마"라고 불러도 "적국의 말을 쓰지 마!"라고 혼나지 않을 것 같았다. 토토는 도쿄에는 없는 평범한 생활이 이곳에서 기다리고 있을지도 모른다고 생각했다.

"실은 누마하타 아저씨네 가기 전에 가보고 싶은 데가
있어."

아침에 일어나자 엄마가 이렇게 말했다.

버스로 두 시간쯤 걸리는 헤라이(지금의 신고무라―옮긴
이)라는 곳에 예수의 무덤이 있다고 한다. 그러고 보니,
도쿄에 있을 때부터 엄마는 누마하타 아저씨 집 근처에
예수의 무덤이 있다고 말했다. 골고다 언덕에서 십자가
에 못 박힌 사람은 사실 예수의 동생이고, 진짜 예수는
몰래 일본으로 건너와 그 헤라이에서 106세까지 살았
다는 설이 있다고 한다. 엄마도 이 이야기를 완전히 믿

지는 않았지만, 이곳까지 온 것도 어떤 인도의 결과라고
생각하는 듯했다.

기독교 신자인 엄마는 그런 전설이 생긴 곳을 자기 눈
으로 직접 보고 싶어 했다. 이왕 여기까지 왔으니, 가는
길에 들러보고 싶은 것이다. 과연 엄마다웠다! 토토는
그제야 스와노타이라가 아니라 시리우치에 온 수수께끼
가 풀렸다. 그러나 예수님이 정말로 도호쿠 사투리를 쓰
는 동네에 왔을지 여전히 의문이었다.

시리우치에서 헤라이까지는 버스를 타고 갔다. 운전
석 앞이 하마 머리처럼 튀어나온 버스가 토토네와 동네
사람들을 태우고 천천히 달렸다. 좌석은 꽤 채워졌다.
커다란 짐을 안고 있는 토토네를 모두 이상하게 여기며
흘끔흘끔 쳐다보았다.

내리는 사람이 "오쓰루, 오쓰루"라고 하면서 버스 안
쪽에서 나왔다. 토토는 '오치루(떨어지다)'와 비슷하다고
생각했지만, 내리는 것을 이곳 사투리로 '오쓰루'라고
하는 듯했다. 버스 안내원이 "오쓰루히토가 신데카라 놋
테케레(내릴 사람이 죽은 뒤에 타세요)"라고 해서 토토는 깜

짝 놀랐는데('신데카라신데카라'는 표준어로 '죽은 뒤에'라는 뜻이어서—옮긴이), 알고 보니 '내릴 사람이 다 내린 뒤에 타주세요'라는 말이었다.

버스가 점점 산속으로 들어가도 논밭 풍경은 끝없이 이어졌다. 토토는 이런 산속에도 농부들이 살고 있다는 사실에 놀랐는데, 이번에는 고삐를 채운 말들이 또각또각 걸어오는 모습이 보였다. 등에는 채소 같은 게 실려 있었다.

"와, 말이다!"

토토는 동물 중에서 개와 여우 다음으로 말을 좋아했다. 홋카이도에서 의사로 일하는 외할아버지와 함께 마차를 탄 적은 있지만, 짐꾼으로 쓰는 말을 본 것은 이번이 처음이었다.

창문으로 얼굴을 내밀고 말을 바라보는데, 말의 엉덩이 쪽에서 커다란 경단 같은 것이 땅에 떨어졌다. 토토는 엉겁결에 "으악!" 하고 소리쳤다. 그러자 토토 뒤에 앉아 있던 남자가 "뭐야, 말을 처음 보나?"라며 큰 소리로 와하하하 웃었다. 다시 창밖을 보니 말이 지나간 자리에는 짚과 흙을 뭉쳐놓은 듯한 말똥이 큰 순서대로 줄

지어 있었다.

'그나저나 옛날 사람들은 왜 이런 산속에 살았을까.'
버스가 언덕길을 오르락내리락할 때마다, 한 사람씩 내
릴 때마다, 토토는 그런 생각을 했다. 버스에서 내리는
사람 중에는 허리가 굽은 할머니와 할아버지도 있었다.
모두 몸뻬를 입고 수건을 목에 두르거나 머리에 쓰고 있
었다. 손은 누렇고 쪼글쪼글하며 손가락이 굵었다. 토토
는 그 손을 보며 '일하는 사람의 손'이라고 생각했다.

토토 가족은 예수의 무덤에 가장 가까운 버스 정류장
에서 내렸다. 길을 몰라 버스 정류장 근처에 있는 민가
에 가서 물었다.

"실례합니다. 예수의 무덤에 가고 싶은데, 길 좀 가르
쳐주시겠습니까?"

엄마가 봉당 앞에서 크게 말하자, 안에서 까무잡잡한
아저씨가 느릿느릿 나왔다.

"애들 데리고 고생이 많으시네. 예수의 무덤은 여기서
바로니까 내가 안내하지요."

아저씨는 그렇게 말했다. 이런 일이 많아서 익숙한 듯
이 보였다. 엄마와 토토가 들고 있는 커다란 짐을 집에

두고 가라고 친절하게 말해주었다.

짐을 맡긴 엄마는 마리를 업고, 토토와 노리아키의 손을 꼭 잡은 채 언덕을 올랐다. 길을 가면서 아저씨는 전쟁이 시작되기 전에는 전국에서 예수의 무덤을 찾는 사람들이 왔으며, 헤라이에 전해오는 관습이 기독교와 공통점이 있다고 설명해주었다.

"자, 여깁니다."

아저씨가 가리킨 곳을 봤더니, 구불구불한 언덕길 끝에 나지막한 언덕이 있었다.

"저 위에 흙무덤이 두 개 있지요? 오른쪽이 예수님 무덤이고, 왼쪽이 예수님 동생 무덤입니다."

아저씨는 그렇게 가르쳐주었다.

엄마는 천천히 돌계단을 올라갔다. 두 개의 흙무덤에는 누가 들꽃을 갖다놓았다. 엄마는 오른쪽 무덤 앞에서 손을 모으고 눈을 감은 채 "아멘"이라고 중얼거렸다. 햇빛이 엄마의 등을 비추어 뒤로 묶은 머리가 빛나 보였다. 언덕 너머에는 절벽이 있었고, 그 아래로 강이 흐르는 소리가 들렸다. 어디서 작은 새가 지저귀는 소리도 들렸다.

평화로운 시간이었다. 이곳이 정말로 예수님의 무덤인지 아닌지는 이제 중요하지 않았다. 전쟁이 터지고, 메이지 왕이 죽고, 아빠가 징병되고, 추억이 가득한 기타센조쿠 집을 떠나야 했다. 아무리 힘든 일이 있어도 기도도, 투정도, 눈물도 허락되지 않았지만, 엄마는 예수 형제의 무덤 앞에서만큼은 아주 평온한 얼굴이었다.

전쟁은 언젠가 끝날 것이다. 분명히 가족끼리 함께 살 수 있는 평화로운 날이 다시 올 것이다.

묵묵히 기도하는 엄마를 바라보며, 토토는 알 수 없는 힘이 마음속에서 솟구치는 것을 느꼈다.

그런데 예수님이 정말로 일본에 왔을까? 토토는 어릴 때부터 교회 일요 학교에 다녔지만, 그런 이야기는 들어본 적이 없었다. 하지만 그 의문은 엄마에게 말하지 않았다.

버스 정류장까지 길을 내려가니 아저씨의 부인으로 보이는 사람이 서 있었다. 손을 흔드는 부인의 발밑에는 토토네 짐이 놓여 있었다. 돌아올 시간에 맞춰서 짐을 버스 정류장까지 날라준 것 같았다.

"정말로 고맙습니다."

엄마는 정중하게 인사했다. 토토도 낯선 지방에서 이렇게 친절한 사람들을 만났으니, 앞으로 좋은 일이 생길 것만 같다고 생각했다. 친절한 두 사람에게 인사한 뒤, 토토네는 돌아오는 버스에 올랐다.

참고로, 예수의 무덤은 지금도 헤라이에 있으며 최근에는 관광지로도 주목받고 있다.

사
과
창
고

대
개
조

버스가 시리우치에 가까워지자, 엄마는 이상하게 안절부절못했다. 거울을 보고, 머리를 빗고, 코를 풀고, 누마하타 아저씨의 편지를 다시 읽었다. 토토는 딱 감이 왔다. 엄마는 입으로는 "자, 드디어 스와노타이라야"라고 했지만, 속으로는 누마하타 아저씨가 토토네를 받아줄지 걱정이 되었던 것이다.

토토도 충분히 알고 있었다. 친척도 아닌 네 식구가 갑자기 찾아가는 것은 비상식적인 행동이라는 것을. 하지만 우에노를 떠난 이후 사흘 동안, 토토 가족은 여러 사람의 도움 덕분에 여기까지 왔다. 어떻게든 자기들만의 힘으로 해보려고 했다면 절대 오지 못했을 것이다.
예수의 무덤에서 기도할 수도 없었을 것이다. 누마하타
아저씨도 토토네를 받아들여주길 바랄 수밖에 없었다.

시리우치역 앞에서 버스를 내렸다. 도호쿠본선 시각
표를 보니, 해가 지기 전에 간신히 누마하타 아저씨네
집에 도착할 수 있을 것 같았다. 엄마는 "누마하타 아저
씨에게 의지하기로 했으니까"라고, 스스로에게 다짐하
듯이 말했다.

시리우치에서 열차로 세 정거장. 토토네는 스와노타
이라역에 도착했다. 역무원에게 누마하타 아저씨의 주
소를 보여주자, 가는 길을 대략 가르쳐주었다. 걸어서
30분 정도 걸린다고 했다. 역무원이 알려준 대로 길을
따라가다 보니 청과물 시장 같은 건물 앞 웅덩이에 빨간
사과가 떨어져 있었다.

"앗, 사과다!"

토토는 기뻐서 저도 모르게 소리를 질렀다. 얼른 가서
사과를 주웠더니 엄마가 말했다.

"이렇게 사람들 많은 곳에 사과가 떨어져 있다는 건

누마하타 아저씨네 집에 가면 더 좋은 사과가 있다는 뜻 아닐까?"

"좋은 사과가 있으면 이건 버리면 되잖아."

토토는 그렇게 반론했지만, 자세히 보니 그 사과는 군데군데 꺼멓게 썩어 있었다. 그래도 토토는 사과를 꼭 쥐고 네 식구의 선두에 서서, 역무원이 알려준 길을 헤매지 않도록 조심조심 걸어 나갔다. 점점 어두워졌지만, 드문드문 어느 집들의 창으로 새어 나오는 빛에 의지했다. 공습이 없어서 다행이라고 생각했다. 그러다 드디어 농가다운 큰 집이 보였는데, 그것이 바로 누마하타 씨의 집이었다.

"실례합니다."

엄마가 말하자, 부인으로 보이는 사람이 나왔다.

"사과와 채소를 보내주시던 도쿄의 구로야나기라고 합니다"라며 사정을 설명했다. 이윽고 안에서 아저씨가 나오더니 "자세한 이야기는 나중에 하시고"라며 토토네를 안으로 들어오게 했다. 토토는 안도하며 주운 사과를 현관 밖에 내려놓았다.

네 식구가 갑자기 찾아왔는데도 흰쌀밥과 국, 생선,

채소절임 그리고 과일을 푸짐하게 차려주었다. 오랜만에 먹는 흰쌀밥이 얼마나 맛있던지, 그 맛을 음미하면서 '엄마는 괜한 걱정을 했네'라고 생각했다. 흰쌀밥을 처음 본 마리는 "이게 뭐야?" 하고 엄마에게 물었다.

"창고든 어디든 좋으니 네 식구가 지낼 만한 곳이 없을까요?"

엄마는 이런저런 사정을 설명하며 간절히 부탁했다. 그날 밤, 네 식구는 아저씨네 집에서 나란히 잠을 잤다.

이튿날, 엄마는 아침부터 바빴다. 집을 구하지 않으면 학교도 다닐 수 없으니, 아저씨와 함께 마을을 돌아다니며 살 곳을 빌려줄 수 있는지 물어보았다.

그렇게 해서 어느 과수원의 창고를 빌리게 됐다. 사과밭 한가운데에 있는 이 창고는 사과를 모아 쌓아두거나 사과 도둑을 감시하기 위한 곳으로, 넓이는 다다미 8조(1조는 약 1.8제곱미터—옮긴이) 정도였다. 지붕은 짚이고, 판자로 만든 벽은 빈틈이 많았으며, 불은 석유램프밖에 없었다. 그래도 엄마는 "창문과 천장으로 햇빛이 잘 들어와서 좋네"라며 기뻐했다. '만사 생각하기 나름이라는 게 이런 거구나' 하고 토토는 감탄했다.

"이불이랑 가재도구도 나눠주셨어. 바로 옆에 큰 강도 있고, 먹을 물은 제재소에서 받아다 쓰면 돼. 생활하기에는 충분해."

엄마는 의욕에 넘쳤다. 사과창고를 개조하기 시작한 엄마는 마법사 같은 타고난 솜씨를 발휘했다. 사과 상자를 뒤집어 그 위에 솜과 짚을 깔고, 짐을 싸온 고블랭 천을 씌워서 못을 박았다. 남은 천을 상자 둘레에 주름장식처럼 달아놓자 로코코풍의 세련된 의자가 완성됐다.

이웃에게 얻은 시트는 연한 초록색 물감으로 칠한 뒤, 거기에 사과를 잔뜩 그려 벽에 걸었더니 훌륭한 태피스트리가 됐다. 바닥에서 1미터 정도 높게 만들어진 마루는 어린이용 침대로 변신했다. 살풍경했던 사과창고가 기타센조쿠의 집처럼 따스한 분위기로 다시 태어났다.

집을 개조한 다음에는 채소밭이었다. 엄마는 눈이 녹기를 기다렸다는 듯이 "밭을 만들자!"라고 선언했다. 마리는 엄마에게 업혀서 언제나 생글생글 웃었고, 토토와 노리아키는 밭 가는 일을 도왔다. 엄마는 채소 종자와 묘목을 조달해서 심었다. 계절은 봄이었고, 도모에학교의 수업처럼 즐거웠다.

'어떤 꽃이 필까, 어떤 채소가 자랄까. 도모에학교 친구들은 잘 지내고 있을까.'

"다 같이 하는 거야."

흙을 만지며 하늘을 올려다보니, 하늘 너머에서 도모에학교의 고바야시 선생님 목소리가 들려오는 것만 같았다.

엄마 대분투!

엄마는 농협 같은 곳에 일자리를 구했다. 사과창고 창문 너머로 채소를 짊어지고 건물로 들어가는 사람들을 보며, 저기서 일해야겠다고 마음먹었다고 한다.

"월급 말고도 멍든 사과나 감자 같은 것 필요 없으니 가져가라고 줄지도 모르잖아."

직장을 다니는 것은 태어나 처음이었지만, 엄마에게는 일단 부딪쳐보자는 정신이 있었다. 농협 면접에서 "주판 놓을 줄 알아요?"라고 물었다고 한다. 음대를 중퇴하고 바로 결혼했지만 엄마는 "네, 할 줄 압니다"라고 대답해서 덜컥 합격했다.

다행히 주산은 경리가 해줘서 엄마는 안도의 한숨을 내쉬었다. 하지만 농협에서 잡일을 해서 받는 월급만으로는 살아갈 수 없었기에, 밤에는 이웃 사람들의 옷을 만드는 부업을 했다. 재봉틀이 없어서 모든 것을 손바느질로 해야 했지만, 엄마가 스타일북을 보며 만든 옷은 누가 봐도 멋있었다.

막 피란 갔을 무렵, 토토는 온몸에 종기가 나서 고생했다. 해초국수만 먹은 탓에 영양실조에 걸려 종기가 대량으로 난 것이다. 그리고 표피 물혹 때문에도 고생했다. 표피 물혹은 손톱과 발톱 사이에 세균이 들어가 고름이 생기는 병으로, 이것도 영양실조가 원인이었다. 지금은 표피 물혹이 생기는 사람이 극히 적지만, 그 병은 정말 아프다. 토토는 이를 악물고 온몸의 종기와 표피 물혹의 욱신거림을 참아야 했다. 전쟁 중이라 병원에 가도 약을 받을 수 없었고, 토토뿐만 아니라 모두가 참고 살아야 했다.

그런 토토를 보며 엄마는 단백질을 먹여야겠다고 생각한 듯하다. 토토네 가족은 스와노타이라에서 수확한 채소와 과일을 바구니 두 개에 가득 담아, 노점상처럼 기차를 타고 하치노헤 항구로 향했다. 항구에 도착하자 고깃배 선원들에게 "죄송합니다. 도쿄에서 온 사람들인데, 채소와 과일을 생선으로 바꿔주실 수 있을까요?"라며 물물교환을 부탁했다. 그러자 항구 사람들은 인심 좋게 "좋소, 가져가시오"라며 과일과 채소를 갓 잡은 생선으로 교환해주었다.

엄마는 당장 생선조림을 만들었다. 고기를 좋아한 아빠의 영향으로 토토는 그때까지 생선을 먹어본 적이 별로 없었다. 머리와 꼬리 부분을 먹을 때는 용기가 필요했지만, 덜덜 떨며 입으로 가져갔더니 기름이 흐르는 게 아주 맛있었다. 생선조림을 먹기 시작한 지 사흘도 되지 않아 온몸의 종기가 줄었고, 열흘 만에 다 나았다. 단백질 효과는 최고였다!

엄마의 환경 적응력에는 지금 생각해도 감탄이 나온다. 덕분에 피란지 사람들과 좋은 관계를 맺을 수 있었고, 토토도 노리아키도 새로운 환경에 잘 녹아들었다.

엄마는 토토 남매들을 앞에 두고 말했다.

"놀러 간 집에서 저녁 시간이 되어 '밥 먹고 갈래?'라고 물어보면, '고맙습니다' 하고 먹고 와."

토토는 당황했다. 도쿄에서 살 때는 아무리 권해도 저녁은 집에 가서 먹겠다고 해야 한다고 엄하게 가르쳤으면서.

"남의 집에서 먹으면 안 된다고 했잖아."

토토가 그렇게 말하자 엄마는 바로 대답했다.

"집에서 먹는 것보다 다른 집에서 먹는 게 더 영양이 풍부하고 좋은 반찬이 많잖아?"

그건 사실이었다. 사과창고에서 엄마가 해주는 저녁은 채소만 듬뿍 들어간 수제비나 찐 감자가 대부분이었다. 물론 때때로 난부센베이(아오모리현 하치노헤 지역에서 발상한 것으로 여겨지는 전병의 일종—옮긴이)를 부수어서 수제비 대신 끓인 국도 먹고 가끔은 생선조림도 먹었다. 그렇지만 도쿄 때에 견주면 천국이었어도 흰쌀밥은 좀처럼 먹지 못했고, 달걀과 닭고기도 거의 먹지 못했다.

엄마가 "저녁은 남의 집에서"라고 한 뒤로, 노리아키는 저녁 무렵이 되면 서둘러 친구 집에 놀러 갔다. 다섯 살인 동생은 귀엽게 생긴 데다 애교가 많아서, 다른 집에 가면 어김없이 "아가, 밥 먹고 가라" 하고 말했다. 갖

가지 것을 얻어먹고 노리아키는 기뻐했다.

엄마가 "노리아키 좀 찾아오렴. 또 어디서 저녁을 얻어먹고 있을 테니"라고 해서 남의 집 밥상에 둘러앉아 즐겁게 저녁을 먹는 동생을 종종 보았다. 그때는 밖에서 쭈그리고 앉아 노리아키가 나오기를 기다렸다.

토토도 배가 고팠지만 "저도 좀 주세요"라고 말할 수 없었다. 노리아키가 밖으로 나오면 그 집 사람들에게 고맙다고 인사하고 동생을 데리고 돌아왔다. 이웃집에서 식사할 기회가 늘자 노리아키의 영양 상태가 눈에 띄게 좋아졌다.

토토는 스와노타이라에서 기차로 한 정거장 떨어진 산노헤의 학교에 다니게 됐다. 기차는 하루에 일곱 대만 다녔다. 아침에 사과창고에서 20분을 걸어 스와노타이라역에 도착한다. 그리고 거기서 기차를 타고 5분을 더 가면 산노헤역이었다. 산노헤역에서 학교까지 또 30분 정도를 걷는다. 역 주변에는 건물이 거의 없었고, 마을은 역에서 조금 떨어진 곳에 자리 잡고 있었다.

산노헤 마을은 난부번南部藩(에도 시대에 일본 북동부, 지금의 아오모리현과 이와테현 일대를 통치했던 번—옮긴이)의 산노헤성이 있는 성산 기슭에 펼쳐져 있었다. 토토의 학교도 그곳에 있었는데, 그 무렵 학교에서는 대부분 공부보다는 봉투 풀칠이며 농사일 같은 근로봉사에 시간을 보냈다.

처음 학교에 간 날, 토토가 책상에 앉자마자 주위의 시선이 느껴졌다. 전학생 토토를 신기한 듯 멀찍이서 바라보는 아이들의 시선이었다. 토토는 어떻게 하면 아이들과 친해질 수 있을까 고민한 끝에, 공책을 펼쳐 그림을 그리기로 했다.

그랬더니 여자아이 몇 명이 다가와서 저마다 "베코 기리도(그려줘)" "개하고 고양이 기리봐래이"라고 했다. 베코는 소의 사투리라는 걸 알고 있어서, 잘 그리진 못해도 친구를 위해 열심히 소를 그렸다. 왠지 너무 마른 소였지만 아이들은 "잘 기리네!" 하고 감탄했다.

다행이다! '이제 친구들이 생길 것 같아'라고 생각하는데, 한 여자아이가 토토에게 말했다.

"진조코 한번 기리봐라."

엥, 진조코? 그게 뭐지? 토토는 들은 적도 없는 말에 당황했다. 하지만 그게 뭐냐고 물으면 기껏 즐거운 분위기를 망칠 것 같았다.

토토는 생각 끝에 그 아이에게 공책을 건네며 산노혜 사투리로 말해보았다.

"니가 먼저 진조코 기리볼래?"

여자아이는 공책에 그림을 그리기 시작했다. 옆에서 들여다보니 단발머리 인형 같은 그림이었다.

아오모리에서는 인형을 진조코라고 하는구나.

작전은 대성공. 토토가 머리에 리본을 단 인형을 그렸더니 또 "억수로 잘 기리네" 하는 소리가 주위에서 들렸다.

이 일을 계기로 토토는 자연스레 아이들과 어우러졌다. 처음에는 무슨 말인지 알 수 없던 단어도 일주일 지나니 대충 알게 됐다.

"진조코 한번 기리봐라"라고 한 여자아이와는 아주 친해졌다. 귀엽고 공부도 잘하는 아이로, 토토는 그 아이와 늘 같이 있었다.

근로봉사인 봉투 붙이기는 수확하기 전 사과를 벌레로부터 보호하기 위한 작업이었다. "지겨버서 몬하겠다" 하고 교실에서 뛰쳐나가는 아이도 있었지만, 토토는 혼자 남아서도 지치지 않고 열심히 봉투를 붙였다.

잡지에서 뜯어낸 종이를 손톱으로 꾹꾹 눌러 매끈하

게 다듬었다. 그런 다음, 여러 장을 조금씩 겹쳐서 펼쳐
놓고, 쓱쓱 풀을 엷게 발라가며 한 장씩 봉투 모양으로
접어나갔다. 친구들은 교실에서 나갈 때면 꼭 토토에게
"니는 안 지겹나?" 하고 물었지만, 그때마다 "안 지겹
다" 하고 대답하고는 언제까지고 봉투 붙이기를 했다.

　퇴비가 든 통을 산 위의 밭까지 나르는 근로봉사도 했
다. 사실 토토는 그 근로봉사가 그리 싫지 않았다. 오히
려 솔선해서 했다. 다만 퇴비통을 기다란 작대기에 메고
갈 때 뒤쪽이 아니라 앞에 서고 싶긴 했다. 뒤에서 메면
도중에 넘어졌을 때 통 안의 퇴비를 뒤집어쓸지도 모르
기 때문이다.

　작대기에 묶은 밧줄이 끊어진 적이 있었다. 언덕을 올
라가는 도중에 뒤쪽을 든 아이가 뒤집어써버려서 너무
가여웠다. 토토는 그 아이를 학교에 있는 선생님에게 데
려다주었다.

　토토네 가족이 피란한 3월에는 매화 정도만 피어 있었
는데, 4월이 끝날 무렵이 되자 온갖 꽃들이 한꺼번에 피
어나기 시작했다. '시로야마공원'이라고 하는 산노헤 성

터는 이 지역에서 유명한 벚꽃 명소였다. 친구들을 따라 시로야마공원에 벚꽃을 보러 갔을 때 광장에는 많은 사람들이 모여 있었다.

"원래는 감주나 경단 같은 걸 파는 노점이 줄지어 있었는데, 전쟁 때문에 없어졌어."

친구가 말했다. 시로야마공원은 센조쿠연못공원보다 몇 배나 크고, 도쿄에서 자주 보았던 왕벚나무가 만개했다. 왕벚나무가 진 뒤에는 진분홍빛 겹벚꽃과 노란 교이코벚꽃(연노란색을 띠는 일본의 벚꽃 품종—옮긴이)이 피었다. 겹벚꽃과 교이코벚꽃은 주름진 꽃잎이 귀여운 리본 같아서 토토는 그 매력에 사로잡혔다.

산노헤 사람들은 이 시로야마공원을 수호신처럼 여기는 듯했다. 역사 시간에 제대로 가르쳐주지 않는 선생님도 이 산에 성을 어떻게 지었는지, 무사들의 집은 어디에 있었는지, 적을 물리치기 위해 어떤 전략을 짰는지 자료를 보여주며 설명한 적이 있다. 자료에 나온 시로야마 그림은 마치 민달팽이처럼 보였고, 왕벚나무가 만개했을 때는 그 민달팽이의 등이 연한 주홍빛 구름을 입은 듯 몽실몽실해 보였다.

친척 아이가 물려준 세일러복을 입고 있다.

벚꽃이 지고 나자 하얀 사과꽃이 피었다. 사과꽃이 지고 작은 열매가 맺히는 6월이 되자, 토토네가 만든 방충 봉지가 등장했다. 이 지역은 버찌 재배도 활발해서, 농협에 근무하는 엄마가 상품성 없는 버찌를 가져오기도 했다. 모양은 예쁘지 않았지만 맛은 그대로여서 기쁜 선물이었다.

토토는 혼자 시로야마공원에 간 적도 있다. 성이 있던 시절과 그곳에서 내려다보는 풍경을 상상했다. 성 위에서는 아마 논밭이 잘 보였을 것이다. 예수의 무덤에 갈 때 버스 차창 밖으로 본 풍경이 떠올랐다. 그때는 여기 사람들이 왜 산속에 사는지 의아했지만, 선조 대대로 이어져온 땅에 애착이 있기 때문이라고 생각하니 이해가 갔다.

'고향은 참 좋은 곳이구나.'

'도쿄에 가고 싶다. 언젠가 돌아갈 수 있을까.'

친구도 생기고 아오모리 생활에도 익숙해졌지만, 가끔 도쿄를 떠올리며 '돌아가고 싶어라' 하고 기타센조쿠의 집을 그리워했다. 공습 걱정은 없었지만 예전처럼 자유로운 생활과는 거리가 멀었다.

기타센조쿠의 집이 공습으로 불타버렸다는 사실을 알
게 된 것은 바로 이 무렵이었다.

스와노타이라 생활이 웬만큼 안정됐을 무렵, 엄마는 음악학교 시절 하숙했던 도쿄 고지마치에 사는 삼촌과 편지를 주고받기 시작했다. 삼촌이 뇌일혈로 쓰러져 가족이 피란을 가고 싶은데, 스와노타이라에서 집을 알아봐줄 수 있겠느냐는 부탁을 받아서였다.

엄마는 이때도 집을 알아보러 다니느라 애를 썼다. 한 달쯤 지나 삼촌네 네 식구가 스와노타이라로 왔지만, 그것으로 끝이 아니었다. 엄마를 의지하는 친척들이 속속 모여 여름에는 열 명이 넘는 친척이 스와노타이라에 집결했다. 모두 도쿄에서 온 피란민들이었다.

홋카이도의 다키카와에 살던 토토의 외할아버지가 협심증 발작으로 세상을 떠난 것은 그해 여름의 일이었다. 전보를 받은 엄마는 토토 삼남매를 데리고 부랴부랴 홋카이도로 향했다.

그 무렵 혼슈에서 홋카이도를 왕복하는 것은 말 그대로 목숨을 건 여정이었다. 아오모리에서 하코다테까지 쓰가루해협을 건너는 세이칸 연락선은 폭격기와 잠수함의 표적이 되기 쉬웠다. 게다가 표를 구하기도 몹시 어려웠다. 토토네 가족은 기차에서 배로 갈아타는 연락 통로에서 하룻밤을 자고 간신히 연락선을 탔다.

하코다테에서 또 기차를 갈아타고 몇 시간이 걸려 다키카와에 있는 외갓집에 도착했다. 개업의였던 할아버지는 돌아가셨지만, 뒷정리 등 여러 이유로 며칠 동안 그곳에 머물렀다. 그동안 엄마는 여러 가지를 생각했다고 한다. 어머니를 돌보는 것은 장녀의 역할이니, 외할머니를 스와노타이라로 모셔가기로 했다.

할머니는 참으로 희한한 분이었다. 다이쇼 시대에 센다이에서 기독학교를 다닌 규수로, 할머니 본가에서는 밥을 짓게 하는 집에는 시집보내지 않겠다고 했다고 한다. 결혼 상대가 의사였던 덕에 할머니는 그런대로 여유로운 생활을 누렸다. 틈만 나면 성경책을 펼치는 정말 우아한 할머니였지만, 빨래를 비롯한 집안일은 전부 간호사와 도우미가 해주었다.

엄마와 할머니 그리고 아이 세 명, 모두 다섯 명이 하코다테로 돌아온 것은 좋았지만, 하코다테역은 여전히 연락선을 타려는 사람들로 혼잡했다. 신문지를 깔고 "사흘째 배를 못 타고 있어요" 하는 사람도 있었고, 풍로로 음식을 해먹는 사람도 있었다.

토토네 가족은 항상 손을 잡고 있었다. 방공두건을 쓰고 서로 몸을 맞댄 채 움직였다. 할머니는 내내 성경책을 안고 중얼중얼 기도를 했다.

연락선을 타자 선장이 무슨 생각을 했는지 토토에게 말을 걸더니, "적이 바닷속에 설치한 기뢰機雷에 닿으면 이 배는 한 방에 침몰한단다"라고 했다. 토토는 걱정이 되어 배 위에서 해면만 계속 지켜보았다.

배는 기뢰에 닿지 않고 무사히 아오모리에 도착했지만, 도호쿠본선 플랫폼은 또 북새통이었다. 열차 시간표는 완전히 엉망이 됐고, 아무리 기다려도 기차가 오지 않았다. 한참이 지나서야 스와노타이라로 바로 가는 기차는 내일 아침까지 오지 않는다는 안내가 나왔다.

"할 수 없구나. 다들 지쳤으니 일단 역에서 하룻밤 보내고 아침 일찍 기차를 타자."

엄마가 그렇게 말하고 있을 때, 기차가 플랫폼으로 들어왔다. 왠지 모르지만 토토는 강렬하게 타고 싶은 마음이 들었다.

"엄마, 이거 타."

엄마는 바로 "안 돼"라고 했다.

"이 기차는 시리우치까지만 가는 기차야."

"시리우치까지만 가도 되잖아."

"이렇게 혼잡하잖아. 시리우치에서 다음 열차를 타려고 해도 못 탈지 몰라."

평소라면 엄마가 하는 말을 들었을 테지만, 이때는 이기차를 타고 한시라도 빨리 아오모리역을 떠나고 싶었다.

"시리우치에서라면 걸어가도 그렇게 멀지 않잖아."

토토는 그렇게 우기며 열차 승강구에 있는 철제 손잡이를 잡고 "탈 거야, 탈 거야, 탈 거야!" 하고 떼를 썼다.

아이 같은 태도였지만, 평소와 달리 고집을 부리는 토토에게 엄마가 져서 다섯 식구는 그 기차를 탔다.

시리우치에 도착했을 때는 날이 완전히 저물었다. 스와노타이라로 가는 기차가 언제 올지 모르는 채, 시리우치역의 작은 대합실에서 잠 못 이루는 밤을 보냈다.

미미한 땅울림을 느꼈다. 나중에 안 사실이지만, 이것이 7월 28일의 아오모리 대공습이었다. B-29에서 소이탄 몇만 발이 아오모리에 떨어져 천 명 넘는 사람이 죽고, 시가지 대부분이 불에 탔다. 만약 그대로 아오모리역에서 하룻밤을 새웠더라면 토토네 가족도 어떻게 됐을지 모른다. 낯선 동네에서 도망쳐 다니는 자신들의 모습을 상상하니 오싹 소름이 끼쳤다.

구사일생으로 살아난 토토네는 시리우치에서 회차하는 기차를 타고 간신히 스와노타이라까지 왔다. 평소에는 엄마의 야성적인 감각에 의지한 토토가 어째서 그때만큼은 이 기차를 타야만 한다고 우겼는지, 지금 생각해도 신기하기 그지없다.

청과물 시장의 추억

1945년 8월 15일. 그날은 아침부터 스와노타이라역 앞이 웅성댔고, 어른들이 수군수군 이야기를 나누고 있었다.

"깜짝 놀랄 라디오 방송이 있는 것 같아."

점심시간 무렵이 되자 어른들이 줄줄이 스와노타이라역 방면으로 향했다. 궁금해진 토토도 청과물 시장에서 역 쪽으로 걸어갔다.

따가운 햇볕 아래 모인 사람들은 가게에 놓인 라디오를 둘러싸고 숨을 죽인 채 국왕의 목소리에 귀를 기울였다. 어른들 뒤에서 토토도 열심히 라디오에 귀를 기울였지만, 무슨 말을 하는지 도통 알 수 없었다.

방송이 끝났다. 어른들은 저마다 "전쟁이 끝났네"라고 말했다. 옆에 있던 아저씨의 셔츠를 잡아끌면서 "전쟁 끝난 거, 정말이에요?" 하고 물었더니, 아저씨는 모호한 표정으로 고개를 끄덕였다.

엄마에게 알려야 한다고 생각했지만, 농협에서 일하고 있을 시간이었다. 정말로 전쟁이 끝났는지 믿을 수 없어서 누마하타 아저씨한테 물어봐야겠다고 생각했다. 달리고 달려서 아저씨 집에 도착한 토토는 숨을 헐떡거리며 물었다.

"아저씨, 전쟁이 끝났어요?"

"그래, 끝났다."

토토는 안도했다. 기쁘다기보다 안심했다는 편이 맞을지도 모른다. 이제 공습이 없을 테고, 아빠도 돌아올 테고, 도쿄로 돌아갈 수 있을지도 모르고……. 생각하다 보니 점점 기뻐졌다.

토토는 아저씨 집에서 사과창고까지 깡충깡충 뛰며 돌아왔다.

전쟁은 끝났지만, 도쿄에 돌아갈 집은 없었다.

토토네는 사과창고에서 역 앞 나가야(단층 건물 한 채에 칸을 막아서 여러 가구가 살 수 있게 만든 긴 주거 형태─옮긴이)로 이사했다. 호우 때문에 강이 범람하여 사과창고가 물에 잠겼기 때문이다. 새집은 청과물 시장 바로 옆으로 스와노타이라역과 가까워서 학교 다니기가 훨씬 수월해졌다.

스와노타이라 청과물 시장에는 멀리서 물건을 사러 오는 사람들이 적지 않았는데, 그런 사람들은 아침 첫 기차로 올 때가 많았다. 도쿄 쪽에서 오는 사람도 있었다. 어느 날 아침, 토토가 학교에 가려고 밖으로 나오니 몸집이 작은 어떤 아저씨가 서 있었다. 청과물 시장에 온 듯했지만, 왠지 도쿄 사람 같았다.

"내가 저녁 기차로 돌아갈 때까지 이 쌀로 밥을 지어 줄 수 없을까요?"

손에는 마대가 들려 있었다. 그 안에 쌀이 들어 있을 것이다. 토토는 갑작스러운 일에 좀 놀랐지만, 바로 엄마를 불러서 "이 아저씨가 부탁이 있으신가 봐"라고 전하고 집을 나섰다.

학교에서 돌아왔을 때도 스와노타이라역에서 그 아저씨가 커다란 바구니를 짊어지고 있는 모습을 보았다. 집에 돌아와서 "엄마, 그 아저씨 밥 지어드렸어?"라고 물어보니 엄마는 시원스러운 표정으로 "지었지" 하고 말했다. 전쟁은 끝났지만 쌀은 여전히 배급제였다. 그래서 밖에서 일하는 사람 중에는 자기가 먹을 만큼의 쌀을 반합에 넣어 다니다가 외출한 곳에서 짓는 사람이 적지 않았다. 주먹밥을 만들어 다니면 날씨에 따라 상하기도 하니까 소중한 쌀을 아끼려고 저마다 궁리를 하는 것이다.

다음 날, 토토가 학교에 가려고 하는데 나가야 앞에 네다섯 명의 아저씨가 줄을 서 있었다.

"여기서 밥을 지어준다고 들었습니다. 꼭 좀 부탁합니다."

그 뒤로 엄마는 농협 일과 병행하여, 밥을 지어 주먹밥을 만들어서 저녁때 대나무 껍질에 싸서 주는 봉사활동 같은 일을 시작했다. 할머니가 함께 사니까 밥 짓는 건 할머니에게 부탁해도 됐지만, 이분은 태어나서 한 번도 밥을 해본 적이 없었다. 토토는 밥을 짓지 못하는 어른은 처음 보았다.

엄마는 그런 할머니에게 밥 짓는 법을 가르치지도 않고, 어떡하든 시간을 변통해 멀리서 물건 사러 온 사람들을 위해 묵묵히 주먹밥을 만들었다. "얼마입니까?"라고 물어도 엄마는 "얼마입니다"라는 말을 하지 못했다. 머뭇거리고 있으면 사람들이 "성의입니다" 하고 약간의 돈을 놓고 갔다.

그런 일이 계속되자 엄마는 결단을 내렸다. 맡은 쌀로 밥을 지어서 주먹밥을 만들어주는 자원봉사는 그만하고, 밥에 된장국과 생선구이를 곁들인 정식을 파는 장사를 하기로 결심한 것이다.

"밥 지어드립니다."

엄마는 그렇게 쓴 종이를 문에 붙였다. 풍로, 냄비, 도마, 식칼, 그릇 등을 조달해서 나가야의 부엌 바닥에 식당을 차리기로 했다. 전쟁이 끝나자 청과물 시장은 날이 갈수록 활기를 되찾고 있었지만, 식사를 할 만한 곳이 없어서 엄마의 가게는 금세 인기를 끌었다.

생선은 매일 아침 산노헤에서 오는 장사에게 싱싱한 것을 샀다. 그러나 엄마는 거기에 만족하지 않고, 무쓰미나토역까지 기차를 타고 가서 오래 보관할 수 있는 오징어 등을 사왔다. 무쓰미나토역 앞에는 '이사바'라고 하는, 생선을 다루는 업종의 사람들이 많이 모이는 시장 같은 거리가 있었다.

토토도 엄마가 물건 사는 걸 도우러 함께 간 적이 있다. 무쓰미나토역은 시리우치에서 산노헤선으로 갈아타고 네 번째 역. 환승이 원만하지 않을 때는 편도 한 시간 넘게 걸릴 때도 있었다. 하지만 역에서 내리면 길가에 그저 판때기만 올려놓고 여러 종류의 생선과 조개와 건어물 등을 파는 곳이 줄지어 있었다. 해산물이 즐비한 역 근처의 그 거리는 활기가 넘쳐서 토토는 무척 좋아했다.

재미있었던 것은 그곳에서 일하는 사람은 '가차'라고 하는 아주머니들뿐이었다는 점이다. 고기잡이는 남자의 일로, 밤중에 물고기를 잡으러 나갔다가 아침에 돌아오면 녹초가 된다. 그래서 분류를 마치면 판매는 아내 차례가 되는 것이다.

무쓰미나토역의 '이사바 가차'는 모두 활기차고 친절했다. 어떤 생선이 제철이며 어떻게 요리하면 맛있는지도 가르쳐주었다. 그런 가운데 엄마가 "많이 살 테니 싸게 해주세요"라고 하며 값을 깎는 모습을 봤을 때는 '과감해지셨네' 하고 감탄했다. 시장에서는 가차에게 생선정보를 얻고 가게에서는 도쿄 정보를 얻어서 엄마의 정식집은 일석이조, 일석삼조나 되는 새로운 장사였다.

그러다 엄마는 정식집뿐만 아니라 채소와 과일부터 해산물까지 식료품이라면 뭐든 취급하는 행상인으로 수완을 발휘했다. 그날그날 버는 장사여서 돈은 자꾸자꾸 들어왔다. 엄마에게 들은 이야기인데, 밤중에 부스럭부스럭 소리가 들려 눈을 떴더니 할머니가 지폐를 펴서 고무줄로 묶고 있었다고 한다.

"어머니는 기독교 신자니까 돈은 하늘에 모으는 거 아니에요?"

할머니가 돈을 세는 것이 재미있어서 엄마는 그렇게 말을 걸었다. 그러자 할머니는 싱글벙글 웃으며

"돈이라니 고맙지 않으냐"

라고 대답했다고 한다. 할머니는 독실한 기독교 신자로, 하늘에 보물을 쌓으라고 입버릇처럼 말하곤 했다. 그런 할머니조차 '이 속세의' 기쁨을 느낀 돈다발은 대체 얼마나 두툼했을까?

어느 날, 청과물 시장 모퉁이에 가설극장이 생겼다.

전쟁이 끝난 이듬해, 강을 건너는 다리가 봄눈이 녹은 물로 침수되어 두 동강이 나버리는 바람에 도호쿠본선이 불통이 됐다. 그래서 예정했던 큰 마을로 갈 수 없어진 유랑극단이 할 수 없이 스와노타이라에 찾아온 것이다.

다카라즈카 가극단(여성으로만 구성된 일본의 가극단—옮긴이)의 남자역 출신인 미나토가와 미사요 씨가 좌장을 맡아서 〈유키노조 변신〉(에도 시대의 가부키—옮긴이)이라는 연극을 공연했다. 직접 만든 무대. 물론 객석 같은 것도 없어서 청과물 시장 바닥에 멍석을 깔고 봐야 했지만, 날마다 관객으로 초만원이었다. 토토도 어떨 때는 친구와, 어떨 때는 혼자, 매일같이 가서는 맨 앞자리에 앉아 구경을 했다.

토토는 〈유키노조 변신〉보다 오프닝 공연 격인 전좌를 좋아했다. 흰색과 갈색의 콤비 구두를 신은 아저씨가 아코디언을 연주하며 "꽃이 피고 꽃이 지는 밤도~, 긴자의 버드나무 아래에서~" 하고 〈도쿄 랩소디〉라는 노래를 불렀다.

긴자는 아빠가 한 해에 한 번씩 데려가준 추억의 동네다. 시세이도 팔러에서 아이스크림을 먹고, 긴타로에서 장난감을 사고, 니혼극장에서 영화를 본 기억이 아저씨의 노래와 아코디언으로 되살아났다.

'나, 긴자 알아!' 토토는 갑자기 끓어오르는 울음을 꾹 참았다. 멍석에 앉아서 함께 보고 있는 친구에게 긴자가 그립다고 하면 언제나 다정하게 대해주는 그 아이를 배신하는 셈이 된다. 그래서 잠자코 있었다.

선로는 좀처럼 복구되지 않았다. 콤비 구두 아저씨는 매일 "꽃이 피고 꽃이 지는 밤도~, 긴자의 버드나무 아래에서~"를 부르고, 토토도 날마다 맨 앞에서 "꽃이 피고 꽃이 지는 밤도~, 긴자의 버드나무 아래에서~"를 들으며 친구와 함께 손뼉을 쳤다.

그러던 어느 날, 토토가 학교에서 돌아왔을 때 집에 손님 두 명이 와 있었다. 무슨 일인가 하고 보니 한 사람은 콤비 구두 아저씨고, 또 한 사람은 처음 보는 깡마른 여자였다. 이야기를 듣자 하니 그 사람은 분장을 하지 않은 맨얼굴의 여성 좌장으로, 〈유키노조 변신〉 사람이었다. 얼굴을 새하얗게 칠하고 가발을 쓴 모습밖에 본 적이 없어서 전혀 알아보지 못했다.

여성 좌장과 이야기하던 엄마가 뭐라 표현할 수 없는

얼굴로 이렇게 말했다.

"토토, 너한테 한자리 주시겠대. '댁의 따님을 꼭 연기
자로 성공시킬게요, 맡겨만 주시면 장래에는 좌장으로
키워드리겠습니다', 그러시네. 어때?"

어디를 어떻게 봤는지는 몰라도, 토토는 스카우트 제
안을 받았다. 순간 재미있겠다고 생각했지만, 아빠가 시
베리아에서 돌아오지 않아서 상담도 할 수 없어서 유감
스럽지만 "거절하겠습니다"라고 했다.

도호쿠본선은 복구되었고, 극단은 큰 마을로 떠났다.
청과물 시장 무대도 헐려서 토토는 그 사실을 까맣게 잊
었다.

여성 좌장을 다시 떠올린 것은 20년도 지나서였다. 텔
레비전 아침 프로그램 〈오가와 히로시 쇼〉의 '내가 만나
고 싶은 사람'이라는 코너에 출연 의뢰를 받았을 때였
다. 스태프에게 그때 여성 좌장을 만나고 싶다고 부탁했
다. 그렇게 지저분한 차림을 한 토토에게 좌장을 시켜주
겠다고 권유하신 분을 한 번 더 만나보고 싶었다.

방송 당일이 됐다. 가슴이 두근거렸다. 그런데 안타깝
게도 그 미나토가와 미사요 씨는 이미 세상을 떠났다.

다만 남편분과 스튜디오에서 전화 통화를 할 수 있었다.
아직 건강하셨을 때, 텔레비전에 나오는 토토를 한눈에
알아보고 "앗, 이 아이야, 이 아이!" 하며 "내 눈이 틀림
없었어"라고 기뻐하셨다고 한다.

단벌 소녀였던 토토에게 말을 걸어주고 자신감을 느
끼게 해주신 미나토가와 씨에게 감사의 말을 전하고 싶
었다. 그 말을 전하지 못한 것은 아쉬웠지만, 텔레비전
을 봐주셨다니 조금 마음이 놓였다.

엄마는 계속 농협에 근무하면서 밭일과 재봉일도 하
고 친척들을 돌보며 쉬지 않고 일했다. 잠잘 틈도 없이
바빴는데, 그런 엄마가 언제부터인지 가장 좋은 기모노
를 입고 어디로 나가는 밤이 많아졌다. 어떻게 알았는지
엄마가 노래를 잘한다는 평판이 나서, 결혼식 등의 연회
여흥에 불려가게 된 것이다.

음악학교 성악과 출신으로 오페라 아리아를 부르고
싶었겠지만, 결혼식에서는 '비단과 금실로 띠를 묶으면
서~' 하고 〈신부 인형〉을 부르며 열렬한 갈채를 받는
듯했다. 〈바닷가의 노래〉나 〈밤을 기다리는 풀〉 같은 유

행가를 부를 때도 있었다. 특히 결혼식에서는 고맙다고 모두 좋아하며, 엄마가 돌아올 때 답례품을 잔뜩 들려주었다.

이 답례품이 엄마가 노린 것이었다. 과자라곤 아무것도 없던 시절, 이 일대에서는 찹쌀가루에 단맛을 도미 모양으로 만든 분홍색 '미진코 과자'가 답례품으로 쓰였다. 토토 남매도 달콤한 도미 과자를 무척 좋아해 결혼식에서 돌아오는 엄마를 목이 빠지게 기다렸다가, 과자 보자기를 풀었다.

"우아!"

도미 모습을 발견할 때마다 토토 남매들은 환성을 질렀다.

토토, 선로에 매달리다

    토토는 스와노타이라에서 다음 역인 산노헤까지 목에 정기권을 걸고 다녔다.

    "절대로 목에서 정기권 빼면 안 된다."

    엄마가 입에서 단내가 나도록 말했다.

    어느 날 학교에서 돌아오는 길, 산노헤역에 아무리 기다려도 기차가 오지 않았다. 기차가 늦는 일이 잦았기 때문에, 같은 동네에서 다니는 친구와 실뜨기라도 하기로 했다. 정기권을 끼운 실이 딱 적당한 길이여서 토토는 목에서 정기권 줄을 빼 실뜨기하는 데 썼다.

    개구리, 철교 등 여러 가지 어려운 실뜨기를 하는 동

안에 겨우 기차가 도착했다. 한 구간이어서 정기권을 입에 문 채, 흔들리는 기차 안에서도 둘이 계속 실뜨기를 했다. 스와노타이라에서 내려 역무원에게 정기권을 보여주고, 이번에는 정기권을 손에 든 채 친구와 이야기하며 걸었다. 언제나 그러듯 오솔길에서 헤어지려고 했는데, 그날따라 왠지 헤어지기 싫었다. 그래서 친구가 사는 집 쪽에 있는 다리까지 함께 갔다가 "실뜨기, 정말 재미있었어. 그럼 내일 또 봐!" 하고 손을 흔들었다.

다리 옆에는 큰 소나무 두 그루가 하늘 높이 솟아 있었다. 친구는 그 다리를 건너자 돌아보며 크게 손을 흔들었다. 토토도 질세라 더 크게 손을 흔들었다. 그러자 그때, 토토의 손에서 뭐가 팔랑팔랑 날아서 강으로 떨어졌다.

'뭐지?' 하고 생각한 순간, 그것이 정기권이라는 걸 바로 깨달았다. 절대 목에서 빼지 않기로 약속한 소중하고 소중한 정기권이 하늘을 날아갔다. 정기권은 강 위에 둥둥 떠다니는가 싶더니 이내 물살에 휩쓸려 바닥으로 가라앉았다. 물살이 빠르고 주위가 어두워지기 시작해서 토토는 포기할 수밖에 없었다.

집에 돌아와 엄마한테 정기권을 잃어버렸다고 이실직고했더니 엄마가 말했다.

"그러니까 말했잖아, 조심하라고. 새 정기권은 다음 달이 돼야 살 수 있어. 내일부터는 걸어 다닐 수밖에 없겠네."

전후 어수선한 시기여서 정기권은 월초에 1개월 치밖에 살 수 없는 시스템이었다. 그래도 엄마는 역무원과 교섭을 해보았다. 하지만 발매 규칙을 어길 수는 없어서, 토토는 다음 날부터 스와노타이라에서 산노헤까지 약 5킬로미터 거리를 걸어서 다니게 됐다.

토토는 한 가지 아이디어를 떠올렸다. 걸어서 가면 구불구불 돌아가고 길을 잃을지도 모른다. 그렇지만 "선로 위로 걸어가면 한 시간이면 돼" 하고 어른들이 이야기하는 걸 들은 적이 있다. 선로 위로 걸어가면 절대 헤맬 일이 없다. 토토는 선로를 따라 걷기로 했다.

선로니까 물론 기차가 지나가지만, 상행선이 몇 시이고 하행선이 몇 시인지는 토토의 머리에 입력되어 있었다. 그리고 기차가 올 때는 일단 선로 옆으로 비켜서 지나갈 때까지 기다리면 된다고 생각했다.

입을 것뿐만 아니라 신을 것도 부족한 시대였다. 이 무렵 토토는 게다를 신고 통학했다. 매일 아침 한 시간 일찍 일어나서 스와노타이라역까지 침목 위를 달그락달 그락하며 산노헤역까지 걸어가면, 열차를 타고 온 친구 와 산노헤역에서 만나 학교에 갔다. 선로 위를 걷는 것 은 가는 길보다 오는 길이 힘들었지만, 그래도 딸깍딸깍 폴짝거리며 열심히 걸어서 다녔다.

그런데 어느 날의 일.

스와노타이라역까지 조금 남은 철교 위를 지나가는데, 갑자기 '뿌앙!' 하는 기적 소리와 함께 그 시각에는 올 리 없는 기차가 앞쪽에서 다가왔다. 임시 화물열차였다. 철 교 아래로는 강이 흘렀다. 강의 흐름은 세차고, 게다가 깊었다. 철교 중간에 선로 공사 인부들을 위해 만든 좁은 피난소가 있었지만, 하필이면 바닥의 나무판자가 떨어져 나가 그곳으로 도망칠 수는 없었다.

순간의 판단이었다. 토토는 선로 아래로 기어들어가 양손으로 침목에 매달렸다. 기차가 굉음을 내며 머리 위 를 지나갔다. 화물열차는 대체 몇 량의 열차가 연결됐을까. 영원처럼 느껴지는 긴 시간이 흘렀다.

토토는 철봉에 약했다. 하지만 도모에학교에 다닐 때 정육점 냉장고에 매달린 소고기 덩어리처럼 한 손으로 철봉에 매달리는 것을 좋아했다. 소고기 놀이. 어쩌면 그때 팔 근육이 단련됐는지 모른다.

이윽고 마지막 화물칸이 지나가자 맙소사, 하고 일어나려는데 양팔이 저려서 일어날 수 없었다. 애가 탔다. 죽을힘을 다해 다리를 들어 올리고, 가방을 침목에 걸고 간신히 일어났다. 게다는 떨어뜨리지 않으려고 발가락에 힘을 준 덕분에 무사했다. 철교 아래에서는 강물이 소용돌이치며 태평양을 향해 흘러갔다. 어쨌든 빠지지 않아서 다행이었다.

한 달 뒤, 엄마가 새 정기권을 사주었다. 토토는 정기권 지갑을 소중히 간수하려고 목에 단단히 걸었다.

"도쿄로 돌아가고 싶어"

생활이 조금씩 안정되자 엄마는 도쿄를 신경 쓰기 시작했다. 언젠가 도쿄에 돌아간다고 해도 집이 타버려서 무엇부터 손을 대야 할지 몰랐다.

엄마는 일단 도쿄에 다녀왔다. 기타센조쿠의 집이 있던 일대에는 아직 방공호에 사는 사람도 많고, 낡은 목재와 함석판으로 만든 가설주택에 사는 사람도 많았다고 한다. 두 번째로 도쿄에 갔을 때, 엄마는 옛날에 알던 목수를 찾아내서 돈이 준비되는 대로 집을 짓기로 약속했다.

그다음은 어떻게 집 지을 자금을 마련할지가 문제였

다. 잘되긴 하지만, 식당 수입만으로는 집을 지을 수 없다. 당면한 돈을 버는 길은 채소와 해산물 행상밖에 없다. 엄마는 열심히 행상하러 다니며 단골손님을 늘렸다. 그러는 동안에 엄마가 도쿄 출신이라는 걸 알고, "도쿄에 가면 세련된 거 많죠?" 하고 상담하는 손님들이 있었다. 식당에서 알게 된 도쿄 사람들은 행상 선배여서, 연락을 하면 이런저런 것을 가르쳐줄지도 모른다.

엄마는 좋은 생각이 번쩍였다.

"하치노헤에서 사들인 해산물을 갖다 파는 것보다 주문받아 도쿄 물건을 사와서 파는 편이 돈벌이가 더 나을 것 같아."

스와노타이라와 하치노헤에서 주문을 받으러 돌아다니자, "이거 갖고 싶네" "저거 갖고 싶네" 하고 주문이 밀려들었다. 가장 많은 것이 기모노, 작업화, 한텐(길이가 짧고 소매가 넓은 방한복―옮긴이), 갓포기(소매 있는 앞치마―옮긴이), 앞치마 같은 의류였다. 사전이라든가 보석, 시계 같은 주문도 있었다.

도쿄에 물건을 사러 갈 때는 하치노헤에서 잡은 오징어를 밤새 말려 륙색에 꽉꽉 채웠다. 부피가 별로 크지 않았고, 하룻밤 말린 오징어는 식료품이 부족한 도쿄에서 불티나게 팔렸다. 주문품을 사들일 때는 사람들에게 배운 대로 전당포를 꼼꼼하게 돌고, 시계며 보석 등 전당포에서 나온 물건을 싸게 사는 방법을 알았다. 그걸 아오모리에 갖고 가면 제법 괜찮은 가격으로 팔 수 있었다.

엄마는 스와노타이라와 도쿄를 정력적으로 왕복했다. 그러던 어느 날, 물건을 사러 다니느라 고생하는 엄마와 토토 남매들에게 용기를 주는 정보가 날아들었다. 시베리아에 억류된 일본인 포로 기사가 신문에 났는데, 거기에 "포로 중에는 N향의 콘서트마스터였던 구로야나기 모리쓰나 씨도 있다"고 쓰여 있었다.

"아빠는 살아 있었어" 하고 기뻐했지만, 또 어떤 때는 NHK 교향악단의 구로야나기 씨가 탈주를 시도하다 총에 맞았다는 소문이 들려오기도 했다.

"괜찮아. 아빠는 섣불리 도망치거나 하지 않아. 돌아오는 날까지 가만히 수용소에서 기다리고 계실 거야."

어떤 소문을 들어도 엄마는 의연했다. 아빠의 무사함을 믿고 매출에 전력투구하여, 조금이라도 돈이 모이면 집을 신축할 비용으로 은행에 맡겼다. 물론 토토도 아빠의 무사함을 믿었다.

　전쟁이 끝나고 일 년이 지나 다시 더운 여름이 찾아왔다. 엄마가 느닷없이 "테츠코, 할 이야기가 있는데" 하고 말을 꺼냈다.

　"테츠코는 도쿄에서 여학교에 다니고 싶지 않아?"

　"도쿄에서?"

　토토에게는 도모에학교를 졸업하면 가고 싶었던 학교가 있었다. 하타노다이에 있는 코란香蘭여학교였다. 어릴 때부터 다닌 센조쿠 교회 맞은편에 있는 미션스쿨로, 실은 아빠가 출정하기 전에 코란은 어떻게 할까 하는 이야기를 나눈 적도 있다. 엄마 말에 따르면 도쿄에 갔을 때 친구를 만났는데, 토토만 좋으면 그 친구 집에 하숙하도록 이야기가 됐다고 했다.

　"여기 있어 봐야 음악이든 춤이든 영어든 네가 좋아하는 걸 할 수 없을 거야. 네가 원한다면 엄마 친구 집에서 코란여학교에 다닐 수 있어. 돈을 조금만 더 모으면 기타센조쿠에 집을 지어서 돌아갈 수도 있고. 네가 코란에 가고 싶은 마음이 있다면 같이 가서 절차를 밟자. 어떠니?"

빨간 사과, 시로야마공원의 벚꽃, 청과물 시장의 흥청거림, 누마하타 아저씨 그리고 학교 친구들……. 토토는 전부 좋아했다. 그렇지만 산노혜의 시로야마공원에 처음 갔을 때 느낀, 내가 있을 곳은 여기가 아닐지도 모른다는 생각이 줄곧 마음 한구석에 있었다.

"도쿄로 돌아가고 싶어."

토토는 엄마 앞에서 그렇게 중얼거렸다.

여름방학이어서 토토는 학교 친구들에게 도쿄로 전학 간다는 말을 하지 못했다. 가장 친했던 친구에게만큼은 전해야 한다고 생각했지만, 엄마가 갑자기 "내일 도쿄에 갈 거야"라고 하는 바람에 그게 마지막이 되어버렸다.

토토는 작별 인사를 하지 못한 것이 미안했다.

그렇지만 그 친구에게 훗날 연극 공연으로 도호쿠에 갈 때면 꼭 연락해서, 친구가 사는 하치노헤에서 만나 차를 마셨다. 마지막으로 만났을 때 친구는 손자에 증손자까지 있는 할머니가 되어 있었지만, 처음 만난 날 교실 유리창을 닦으며 많은 이야기를 나눈 것을 서로 기억하고 있었다.

꽃을 피우는 것은 내 임무

찬송가와 목어

　"기쁨과 불안이 반반이야. 잘 견뎌볼게. 책을 많이 읽을 수 있어서 참 좋긴 한데, 그래도 가족과 함께 지내는 게 더 좋을 것 같아."

　"내년쯤엔 집을 지을 수 있을 테니 그때까지만 고생해. 너는 그저 코란여학교에서 열심히 공부만 하면 돼. 할머니가 노리아키와 마리를 돌봐주시기로 했어. 엄마는 앞으로도 열심히 행상을 할 거고. 우리가 모두 열심히 살다 보면 머지않아 함께 지낼 날이 올 거야."

　"그런데 아빠는 언제쯤 돌아오실까? 아빠가 없으면 가족이 다 모인 게 아니잖아."

"여기저기 알아보고 있으니까 걱정하지 마. 아빠는 시베리아에서 잘 견디고 계실 테니 조금만 더 기다리자."

스와노타이라에서 우에노로 향하는 기차 안, 토토와 엄마는 끊임없이 이야기를 나누었다. 따끈따끈한 햅쌀 주먹밥을 한입 가득 물고 당당한 엄마 얼굴을 바라보니, 토토는 분명히 잘될 거라는 믿음이 가슴속에 가득 찼다.

오랜만에 찾은 지유가오카였다. 엄마는 역 앞 작은 노점들을 돌아다니며 하숙 생활에 필요한 것들을 챙겨주었다.

"코란 교복은 원래 점퍼스커트인데, 다음에 올 때 만들어올게. 그때까진 지금 있는 걸로 좀 참아주렴."

엄마는 그렇게 말하고 아오모리 사람들에게 부탁받은 생필품 등을 사 모았다. 마지막으로 누가 알려준 전당포에 들러 이런저런 교섭을 마치자, 텅 비어 있던 엄마의 륙색이 가득 찼다.

"부탁받은 물건들은 다 샀고, 밤차 타고 가면서 기차에서 자면 돼."

바쁜 엄마는 오자마자 스와노타이라로 돌아가야 했다. 우에노역으로 가는 길에 토토를 친구 집에 데려다주며 엄마는 다정하게 말했다.

"앞으로 좋은 일만 생길 거야. 엄마는 곧 다시 올 테니까, 테츠코, 잘 지내야 해."

이윽고 돈이 충분히 모이자 엄마는 목수에게 새집을 지어달라고 부탁했다. 엄마는 집이 불타기 전 모습 그대로 빨간 지붕과 하얀 벽만큼은 꼭 지켜달라고 당부했다고 한다.

토토는 코란여학교에 다니게 됐다.

1888년에 영국 국교회가 설립한 코란여학교는 서양 저택 같은 멋진 건물을 자랑하는 학교였다. 그러나 그 교사校舍도 전쟁이 끝나기 3개월 전에 대공습으로 타버렸다. 그래서 지유가오카 이웃 동네에 있는 조신지, 일명 '구혼부쓰'라는 절의 건물에서 수업을 재개했다.

'기독교계 학교인데 절에서 수업하다니 이상해.'

토토는 살짝 의아했지만, 도모에학교 시절부터 익숙한 구혼부쓰여서 오히려 친근한 마음이 더 컸다.

구혼부쓰는 토토에게 특별한 곳이었다. 도모에학교에 다닐 때, 시간표에 있던 '산책' 시간의 목적지가 대개

걸어서 10분 거리인 구혼부쓰였기 때문이다. 절 경내에
는 재미있는 것이 많았다. 덴구(붉은 얼굴, 긴 코, 날개가 달
린 모습으로 묘사되는 전설 속의 요괴―옮긴이)의 발자국이 찍
힌 커다란 돌, 유성이 떨어졌다고 전해지는 깊은 우물,
새빨간 금강역사, 그리고 사람의 혀를 펜치 같은 것으로
뽑으려는 염라대왕……. 마치 옛이야기가 현실로 튀어
나온 듯한 장소였다.

토토는 구혼부쓰라는 이름의 유래도 알고 있었다. 본
존인 아미타여래상이 세 군데의 아미타당에 세 개씩 안
치되어, 아홉 개의 부처가 모셔져 있다고 해서 '구혼부
쓰九品佛'라 불린다는 것을 도모에 선생님에게 배웠다.

경내에 있는 아름드리 은행나무를 발견했을 때 토토는
드디어 도쿄로 돌아왔다는 생각에 반가움이 북받쳤다.
가을이 되면 은행이 열려 그걸 먹곤 했다. 은행은 냄새가
고약하지만, 볶아서 껍질을 벗기면 맛이 정말 좋았다.

코란여학교는 조신지의 목조 2층 건물인 '강중방'을
교사로 사용했다. 코란이 오기 전에는 도쿄 대공습으로
숙소가 불탄 스모 선수들에게 빌려주었다고 한다. 이때
는 이미 도효(스모 경기판―옮긴이)가 없어졌지만, 그 사

실만으로도 토토는 흥미로웠다.

토토는 현관에서 신발을 벗고 건물 안으로 들어갔다.

"안녕하세요."

머뭇거리며 미닫이문을 열자 넓은 다다미방이 펼쳐졌고, 미닫이문 너머에도 방이 있는 듯했다. 방 주위는 널빤지를 깐 복도에 둘러싸여 그야말로 절 구조였는데, 그게 2층 목조건물이라는 점이 신기했다.

수업 전에 예배가 있다는 이야기를 듣고 복도에 놓인 피아노 앞에 서 있는데, 학생들이 오더니 갑자기 미닫이문을 떼어냈다. 그러자 방이 금세 두 배로 넓어지고, "안녕하세요" 인사를 하며 학생들이 우르르 들어왔다. 다들 너덜너덜해진 찬송가 책을 들고 있었다. 이제 찬송가를 부르는 모양이다. 토토도 얼른 가방에서 찬송가 책을 꺼내 들고 다른 학생들 뒤에 섰다.

교복은 점퍼스커트로 정해졌지만, 제대로 된 교복을 입은 학생은 한 명도 없었다. 토토도 다른 학생들도 모두 흰 블라우스로 교복 같은 차림을 하고 있을 뿐이었다. 백 명 남짓한 학생이 다다미 위에 줄을 맞춰 서자, 입구 쪽 미닫이문이 열리고 '채플린'이라 불리는 남자목사님이 들어와 조용히 예배를 시작했다. 채플린은 검은색 긴 양복에 새하얀 스탠드 목깃이 인상적이었다.

토토는 오랜만에 찬송가를 불렀다. 센조쿠 교회 일요학교에서는 오르간이었는데, 피아노 반주는 또 다른 분위기를 자아냈다. 피아노 소리만으로도 토토는 마음이 찡해졌다. 엄숙한데 설렜다. '음악이란 정말 좋구나' 생각했다.

그런데 기분 좋게 찬송가를 부르는 토토의 귀에 익숙지 않은 소리가 들려왔다.

"나무아미타불, 톡톡톡, 쨍, 나무아미타불, 톡톡톡, 쨍……."

그렇다. 이곳은 절이었다.

찬송가에 집중했던 토토의 머릿속에서 두 개의 멜로디와 리듬이 섞였다. 찬송가를 부르는 사람은 십 대 소녀들이고, 불경을 읽는 사람은 나이 든 스님이다. 찬송가는 투명하고 맑은 소리로 하늘까지 닿을 듯했고, 불경은 인생의 무게를 견뎌낸 듯 깊은 울림을 전했다.

예배가 끝나자 선생님이 토토를 불러 앞으로 나오게 했다.

"오늘부터 여러분과 함께 공부할 구로야나기 테츠코입니다."

전교생 앞에서 소개된 토토는 "잘 부탁합니다"라고 말하며 고개를 숙여 인사했다.

선생님이 "구로야나기는 교실을 원래 상태로 정리해 돌려놓는 일을 돕고 나서, 저기 있는 친구들과 함께 2층으로 올라가세요"라고 지시했다.

'저기 있는 친구들'이 토토를 향해 조그맣게 손짓했다.

"수업을 시작하려면 교실을 준비해야 하거든. 이 건물은 목조여서 2층에 사람이 많이 올라가면 무게 때문에 문틀이 내려가서 미닫이문이 잘 닫히지 않아. 그래서 2층으로 올라가기 전에 미닫이문을 모두 끼워야 해. 구로야나기, 이쪽을 좀 들어줄래?"

총명해 보이는 양 갈래 머리 학생이 말했다. 몇십 조나 되는 다다미방을 학년별로 나누어 사용하는 듯했다. 모두 함께 미닫이문을 척척 끼우고 수업 준비를 마쳤다.

어느덧 불경 소리는 들리지 않았다. 그 대신 새들의 지저귐이 들려왔다. 피아노 소리, 목어 소리 그리고 새 소리. 어디서 공사를 하는지 건물 짓는 소리와 함께 들

려오는 전철 건널목 소리까지, 모두 토토에게는 반가운
소리였다.

　토토는 실감했다. 이제 정말 도쿄로 돌아왔다!

영어 수업은 영국인 선생님의 "레이디스!" 한마디로
시작했다.

학생들은 벽장에서 자기 방석을 가져와 네 명이 한 책
상에 앉았다. 다다미방은 빽빽하게 채워져서, 영어를 공
부하는데 서당 같아서 재미있었다.

엄마보다 훨씬 나이 많은 영어 선생님은 긴 머리를 가
운데 가르마를 타고 양쪽으로 땋아 머리 주위에 둥글게
말았다. 다다미방 맨 앞에 서서 크고 낭랑한 목소리로
"레이디스, 굿모닝!" 하고 아침 인사를 했다. 영국 영어
는 미국 영어와 다릅니다, 하는 자신에 가득 찬 발음이

었다.

채찍을 휘두르는 듯한 단호한 리듬에 토토는 엉겁결에 등을 쭉 폈다.

'이거 장난 아닌걸!'

토토의 그런 생각에는 아랑곳없이 영어 수업이 진행됐다. 선생님은 일본어를 전혀 사용하지 않고, "내 말을 따라하세요" 같은 의미의 말을 했다. 반 아이들이 선생님을 따라하고, 토토는 그 아이들을 따라했다. 선생님은 흰색 블라우스에 갈색 재킷과 롱스커트 차림이었다. 꽉 끼는 코르셋으로 허리를 조여서, 그야말로 영국 숙녀라는 느낌이 들었다. 뭐라고 말할 때마다 온몸에서 넘쳐나는 에너지에 토토는 약간 주눅이 들었다.

처음에 토토는 공부를 따라가기 어렵겠다고 생각했다. 하지만 아오모리에서 사투리를 익힐 때가 떠올라, 귀로 들은 것을 입으로 따라 해봤더니 서서히 영어 리듬을 파악할 수 있었다.

얼마 지나자 통으로 암기하는 영어였지만, 새로운 지식을 익히는 것은 즐겁다고 느끼게 됐다. 그것은 분명 선생님들이 생기가 넘치고 머리를 들고 의연히 인생을 걸어가라는 것을 몸소 보여주어서라고 생각한다. 토토는 이런 게 영국식인가 생각했다.

구혼부쓰 건물에는 겨울이 돼도 난방이 없었다. 산노혜 학교는 교실에 장작 난로가 있어서 따뜻했는데, 도쿄의 스모 선수 숙소였던 이 건물은 외풍 때문에 너무 추웠다. 그래서 다들 코트를 입은 채 수업을 받았다.

영국인 선생님들은 슈트 차림으로 다녔지만, 토토의 흥미를 끈 것은 양말이었다. 다다미방이어서 양말이 잘 보였다. 선생님들은 언제나 두툼한 갈색 목면 양말을 신고 영국식 스타일을 흩뜨리지 않았다. 그런 한편으로 일본인 선생님 중에는 그때로서는 최첨단인 나일론 스타킹을 신은 세련된 선생님도 있었다.

토토는 '코르위붕겐Chorübungen' 수업을 가장 잘했다. 이것은 합창곡 악보를 바르게 부르기 위해 독일에서 만든 교재다. 고음과 저음으로 파트를 나누면 이내 다른 파트를 따라가는 아이도 있었지만, 토토는 잘 불렀다. 영어와 음악 수업에는 유럽식이 도입되어 어딘가 도모에학교와 통하는 느낌이었다.

온종일 학생들이 섰다가 앉았다가 책상을 들였다가 치웠다가 하니 다다미가 금세 상했다. 게다가 수업이 지루하면 학생들은 다다미의 짚을 뜯었다. 특히 시험시간, 기독교나 대수 시간에 짚을 가장 많이 뽑았다. 시험이 끝나면 다다미가 너덜너덜해져서, 다다미가 상한 정도로 시험의 난이도를 추리할 수 있을 정도였다.

물론 토토도 다다미 짚 뜯기 상습범. 토토의 자리는 맨 앞이어서 선생님은 토토 바로 앞에 서 있었다. 토토는 뽑은 짚을 엮어서 긴 끈처럼 만들어 선생님 발목에 두르고 책상다리에 묶는 장난을 좋아했다. 선생님이 걷기 시작하면 어떻게 되는지 보고 싶었다. 그렇지만 지푸라기 끈이 약해서 몇 번을 해도 바로 끊겼기 때문에, 토토의 상상처럼 선생님이 엎어지는 일은 없었다. 도모에 학교 시절부터 시작된, 수업 중에 장난치는 토토의 버릇은 여학교에 들어가서도 고쳐지지 않았다.

한참 나중 일이지만, 코란여학교 동창회지에 토토는 이런 글을 기고했다.

"저는 공부를 전혀 하지 않아 성적은 엉망이었지만,

적어도 교가의 가사처럼 살아가겠다는 마음은 늘 간직
하고 있었습니다."

토토는 예배 시간에 부르는 찬송가도 좋아했지만, '깊
은 산속 향기로운 산달래도'로 시작하는 코란여학교 교
가를 무척 좋아했다.

깊은 산속 향기로운 산달래도
우리 뜰에 옮기면 향기 가득하리.
때와 장소는 세상의 뜻일지라도
피어나는 것은 내 몫이리라.

'피어나는 것은 내 몫이리라'라는 말은 학생들에게 일
종의 표어처럼 자리 잡았다.

새로운 학교에 적응하여 친구가 많아지자, 방과 후에
친구 집으로 가서 수다를 떠는 일도 있었다. 그럴 때도
"장래에 뭐 할 거야?" "너는 어떤 일을 하고 싶어?" 이
런 이야기를 나누었다. 요즘 아이들처럼 아이돌 이야기
에 열광하거나 멋내기에 관한 이야기를 나누는 일은 거
의 없었다.

오락이 적었던 시절이어서 그랬을 수도 있지만, 모두 마음속으로 '피어나는 것은 내 몫'이라는 생각을 염두에 두고 있었다. 공부를 별로 좋아하지 않았던 토토도 '어 떻게 하면 나를 활짝 꽃피울 수 있을까' 하는 생각은 어 렴풋이나마 했다.

그 시절 많은 여성은 '자신을 꽃피우기' 위한 수단으로 결혼을 선택했다. 담임이었던 아오키 시노부 선생님도 결혼으로 퇴직하게 되어 조회 시간에 마지막 인사를 했다. 선생님이 결혼 때문에 일을 그만둔다는 생각에 왠지 슬퍼졌다.

"춥고, 졸리고, 배고파" 하고 눈물 흘리며 걷다가 순경에게 혼난 적이 있는 토토는 그 뒤로 아무리 힘들어도 눈물을 참아왔다. 그러나 이때만큼은 아이들과 함께 엉엉 소리 내어 울었다. 멋진 담임선생님이 결혼 때문에 교단을 떠난다는 사실이 너무나 아쉬웠다.

남들 앞에서 마음껏 울 수 있게 된 것도 어쩌면 토토 네 가족이 되찾은 자유의 하나였을지 모른다. 이제는 어 디에서 울어도 순경에게 혼날 일은 없었다.

실연

센조쿠 교회는 어릴 때부터 NHK 일로 바빠질 때까지 20년 정도 다녔다.

토토가 아직 초등학교에 들어가기 전 어느 크리스마스 날, 교회에 다니는 아이들은 예수님이 마구간에서 태어난 이야기로 시작되는 성탄극을 했다. 조숙했던 토토는 예수님 역할을 맡았다. 연습 중, 양 역할을 맡아 무릎을 꿇고 있는 아이에게 "먹거라" 하며 종이를 입에 밀어넣었다. 양은 종이를 먹는다고 알았기 때문이다. 그러나 예수님이 폭력적이면 안 된다는 이유로 예수님 역할에서 잘렸다.

토토는 양 역할을 맡았다. 예수님보다 훨씬 지루한 역할이어서 새로 예수님 역할을 맡은 아이에게 "종이를 먹을 테니 줘, 줘!" 하고 조르다가 "거기 조용히 해" 하고 야단맞고는 양 역할에서마저 잘렸다.

전쟁 중의 크리스마스 송가도 기억한다. 합창단원이었던 토토는 등화관제가 실시되는 가운데 신도들의 집을 돌았다. 현관과 창문 아래에서 찬송가를 부르면 따뜻한 설탕물이나 폭신한 감자, 옥수수빵 등을 받을 수 있었다. 설탕이라니, 분명 그날 밤을 위해 아껴둔 귀한 것이었을 터다. 토토는 그런 행사에 앞장서 참가했다.

토토는 주 4회나 교회에 다녔다. 교회 사람들은 토토에게 매우 친절했고, 하숙집이 센조쿠 교회 바로 근처여서 일요 학교 외에 화요일 신도 모임, 수요일 기도회, 금요일 성경 공부 모임까지 빠짐없이 출석했다.

어느 날, 일요 학교 찬송가 반주를 맡은 오르간 연주자가 그만두게 돼서 교회는 새로 반주할 사람을 찾고 있었다. 이 사실을 안 토토는 노목사님에게 달려가 직접 신청을 했다.

"제가 하겠습니다!"

토토가 이렇게 말하자 노목사님은 웃으며 "그러면 부탁할게요"라고 했다.

토토는 하늘을 날 것 같았다. 그때 토토는 젊고 잘생긴 부목사님을 짝사랑하고 있었다. 토토는 오르간을 아주 잘 치지는 못했지만 어느 정도는 칠 수 있었다. 오르간 연주를 맡게 되면 "다음 일요 학교 찬송가는 몇 번으로 할까요?" 하고 부목사님과 의젓하게 의논할 수 있으리라 기대했다. 혹시 다른 사람 없는 곳에서 부목사님과 단둘이 대화를 나눌 기회가 생길지도 모른다는 생각에 토토의 마음은 행복으로 넘쳐났다.

그 부목사님은 해군학교를 갓 나와서 교회 옆에 있는 노목사님 집에 얹혀살고 있었다. 그 무렵 토토도 교회 근처의 엄마 친구 집에 살고 있어서, 부목사님과 얹혀사는 처지가 비슷했다.

교회에 가면 항상 부목사님을 만날 수 있었다. 키가 아주 크고 무테안경을 낀 눈이 무척이나 다정했다. 까치집처럼 머리가 부스스할 때도 있지만 그것도 멋있었고, 노목사님 대신 기도나 설교도 잘했다. 좋아하는 점을 들자면 끝이 없지만, 토토는 특히 부목사님의 목소리가 좋았다.

부목사님을 보고 멋있다고 생각한 사람은 토토 말고도 많았을 것이다. 그 증거로, 신자 수가 훌쩍 늘었다.

부목사님의 인솔로 다 함께 아픈 신자를 문병하러 간 적도 있다. 토토가 잘 모르는 사람이고 몹시 추운 날이었지만, 부목사님과 같이 간다고 생각하니 마음이 따뜻해져 추위도 잊을 수 있었다.

그런데 그 부목사님이 히로시마에 있는 교회로 부임하게 됐다. 그 사실에 놀란 것도 잠깐, 교회에서 누가 한한마디에 토토의 가슴은 처참하게 찢어졌다.

"부목사님이 결혼한대요!"

상대는 토토보다 훨씬 연상인 예쁜 신도였다. 그 사람도 주 4회 교회에 오고, 교회 바로 옆에 살았다. 토토는 멍청하게도 눈치채지 못했다.

'와, 어떡하지⋯⋯.'

뭐라도 기념이 될 만한 선물을 하고 싶었다.

그렇지만 아무것도 생각나지 않았고 돈도 없었다.

절망적인 기분으로 하숙집까지 터덜터덜 걸어가는데, 빈터에서 참으로 신기한 것을 발견했다. 작은 가지 끝에 마시멜로처럼 새하얗고 폭신폭신한 것이 달려 있었다.

예쁘다! 토토는 그 작은 가지를 상자에 담아서 조그맣게 리본을 묶었다.

멋진 선물이 완성됐다.

부목사님과 이별하는 날, 토토는 도쿄역까지 배웅하러 나갔다.

그날 토토는 하얀 블라우스와 고블랭 바지에 빨간 신발 차림이었다. 하얀 블라우스는 스와노타이라에 있을 때 배급받은, 일본군이 버린 낙하산으로 엄마가 만들어 준 것. 고블랭은 본래 기타센조쿠 집 소파에 쓰던 것을 피란할 때 보자기로 쓰고, 스와노타이라에서 인테리어 대신으로 쓰기도 한 것을 엄마가 바지로 만들어주었다.

빨간 신발은 도쿄에서 배급받은 하얀 운동화를 페인트 가게에 부탁해서 빨갛게 칠했다. 페인트 가게 아저씨가 마르면 갈라진다고 했지만 괜찮다고 했다. 영화에서 본 발레 슈즈에 반한 것이다. 빨간 신발의 페인트는 아저씨가 걱정한 대로 이내 말라서 금이 갔다. 그래도 당시에는 빨간 신발이라는 게 어디에도 없어서 토토에게는 큰 자랑인 신발이었다.

이별 선물 상자는 도쿄역에서 "우주에서 온 선물이에요" 하고 농담처럼 말하며 건넸다. 토토는 팔이 떨어져라 흔들면서 부목사님이 탄 기차를 모두와 함께 배웅했다.

한참 나중에 〈오가와 히로시 쇼〉의 '첫사랑 담론'이라는 코너에 출연했다. 여성 좌장 때도 그렇고, 이 프로그램에는 곧잘 신세를 지고 있다. 이때는 목소리만이긴 했지만 부목사님과 재회가 이루어졌다. 부목사님은 부목사를 그만두고 웬걸, 자위대에 입대했다고 한다.

부목사님은 토토의 선물을 기억하고 있었다. 그런데 마시멜로처럼 귀엽다고 생각한 것이 토토가 너무 징그러워했던 사마귀 알이었다는 사실이 그때 처음으로 밝혀졌다. 부목사님이 히로시마에 도착해서 뚜껑을 열었더니, 갓 부화한 사마귀 유충이 우글우글 기어나왔다고 한다. 그 말을 듣고 토토는 눈앞이 캄캄해졌다.

기타센조쿠역 근처에 빨간 지붕에 하얀 벽의 집이 완성됐다. 엄마와 할머니와 노리아키와 마리가 스와노타이라에서 돌아와, 드디어 다섯 식구가 함께 살게 됐다. 빨간 지붕과 하얀 벽의 집은 무척 눈에 띄었다. 토토는 하숙집을 나와 가족과 함께 지내서 기뻤다.

자, 이제 아빠의 귀가를 기다리는 일만 남았다.

가
네
타
카
로
즈
씨

토토는 코란여학교에서 '라라LALA 물자'를 받았다. '라라'는 'Licensed Agencies for Relief in Asia'의 약자로, 전후 미국의 종교단체나 자선단체가 식료품, 의약품, 학용품 등의 구제물자를 모아서 일본에 보낸 것이다. 그때는 옷과 학용품 등을 바자회처럼 늘어놓아, 각자 마음에 드는 것을 골라 입어보고 가져갈 수 있었다.

추운 계절이어서 다들 옷을 원했지만, 토토는 학용품 구석에서 보들보들한 토끼 인형을 발견했다.

"난, 저게 좋아."

그 뒤로 토토는 어디를 가든 그 토끼 인형을 갖고 다

넜다. 토토 또래의 소녀들은 이렇게 보들보들한 촉감과 반짝거리거나 나풀거리는 것에 굶주려 있었다.

크리스마스가 다가오자 코란에서는 항례 행사인 바자회를 열었다. 학생들은 모두 인형을 만들어오라는 지시를 받았다. 토토는 피란 중에도 늘 함께했던 판다 인형을 참고하여 손바닥만 한 작은 봉제 인형을 만들었다.

그 밖에 가족이 입지 않는 스웨터를 풀어서 어린이용 양말을 뜬 아이도 있고, "먹는 게 좋지 않아?"라며 고구마로 상투 과자를 만든 아이도 있었다. 자기가 만든 인형이나 봉제 인형이 팔리는 것은 정말 기분 좋은 일이었다. 상투 과자도 큰 인기를 끌어 바로 다 팔렸다.

이날 가장 큰 환호성이 터진 것은 한 졸업생이 나타났을 때였다.

가네타카 로즈 씨. 여행가이자 저널리스트, 에세이스트로 활동하는 그는 본명보다는 '가네타카 가오루'라는 필명으로 더 잘 알려져 있다. 그는 텔레비전 프로그램 〈가네타카 가오루의 세계여행〉에서, 1959년부터 31년간에 걸쳐 150개국 이상의 나라를 여행하며 리포터이자 내레이터, 프로듀서로서 미지의 세계와 여행의 매력을 전했다.

"바자회에 가네타카 로즈 씨가 오신대."

이 소식은 순식간에 퍼졌다.

당시 로즈 씨는 코란여학교를 졸업한 지 얼마 되지 않아 텔레비전 방송을 시작하기 전이었고 유명인도 아니었다. 그러나 그의 세련된 모습은 모든 재학생에게 동경의 대상이었다. 누가 그의 사진을 인화했는지, 모두 그의 사진을 갖고 있었다. 물론 토토도 가방 안에 한 장 간직하고 있었다. 이목구비가 또렷하고 눈이 부리부리한 그 사진은, 이렇게 예쁜 사람이 세상에 있을 수 있나 싶은 감탄을 자아내게 했다.

예정된 시간이 다가오자 모두 구혼부쓰 입구까지 마중을 나갔다. 한 손에 사진을 들고 이제나저제나 도착하기를 기다리는데, 멀리서 커다란 가방을 든 키 큰 여성이 걸어오는 모습이 보였다.

"가네타카 씨!"

"로즈 님!"

평소에는 얌전하기만 하던 상급생들이 뺨에 홍조를 띠며 열정적으로 이름을 불러댔다.

로즈 씨가 가까이 다가오자, 그 존재감에 토토도 숨을 삼켰다.

커다란 눈동자에 장밋빛 입술의 로즈 씨는 세 가닥으로 가늘게 땋은 머리를 마치 머리띠처럼 둘렀다. 양모 코트는 깃만 모피로 장식되어 바람에 살랑거리며 멋스러움을 더했다. 코트 아래에는 시원스럽고 당당한 느낌의 판탈롱 슈트를 입고 있었다. 통이 넓은 바지는 서양 남성들에게 잘 어울릴 듯한 모습이었다.

나중에 들으니, 코란 선생님들은 모피와 판탈롱이 너무 화려하다며 꾸중하셨다고 한다. 코란은 그런 면에서 보수적이었다.

"안녕하세요."

로즈 씨가 인사하며 경내로 들어오자 학생들은 그의 뒤를 졸졸 따라다녔다. 코트 자락 사이로 굽이 있는 구두가 살짝살짝 보였다.

로즈 씨는 준비해온 물건들을 바자회에서 모두 팔고, 선생님들에게 매상을 맡긴 뒤에 바람처럼 사라졌다. 이 날 최고의 매상 기록은 그의 몫이었다. 상급생 중 한 명이 계속 그의 사진을 찍었는데, 토토가 "인화하면 꼭 한

장 주세요"라고 부탁한 것은 말할 필요조차 없다.

그리고 30년 가까이 지난 후, 가네타카 가오루 씨가 〈테츠코의 방〉에 출연했다. 바자회 때의 추억도 이야기했지만, 로즈 씨와 나눈 여행 이야기는 지금도 토토의 기억에서 지워지지 않는다.

토토는 오랫동안 궁금했던 것을 물었다.

"언젠가 〈가네다카 가오루의 세계여행〉에서 아프리카 오지에 가신 적이 있었잖아요. 그때 촌장이 친애의 표시로 우적우적 씹은 것을 뱉어서 드시라고 권했죠. 그런데 가네타카 씨가 그걸 바로……."

"촌장님은 만약 먹지 않으면 어떡하지, 혹시 자기들을 아래로 보는 건 아닐까, 걱정하셨을 거예요. 근데 내가 그걸 냉큼 받아먹어서 안심하고 친구가 된 거죠."

훗날 토토는 유니세프 친선 대사로 임명되어 전 세계의 병원과 난민 캠프에 있는 아이들을 만나러 다녔다. 죽음이 가까운 아이들을 만날 때마다 토토는 그 아이들을 두 팔로 꼭 껴안았다. 일본에서 멀리 떠나와 이동하는 차 안에서 흔들릴 때면, 토토는 코란여학교 선배에게서 넘겨받은 바통을 들고 달리는 기분이 들곤 했다.

코란여학교에 다닌 지 일 년쯤 지났을 무렵, 토토는
태어나서 처음으로 러브레터를 받았다.

학교가 끝나 집으로 돌아가려고 역에서 전철을 기다
리고 있을 때였다. 도쿄에서 놀라웠던 점은, 발차 시각
을 기억하지 않아도 역에서 기다리면 십 분도 지나지 않
아 전철이 온다는 것이었다. 피란 중에는 기차 한 대를
놓치면 다음 기차가 올 때까지 두 시간은 기다려야 했는
데 말이다.

그날은 혼자였는데, 교복을 입은 낯선 중학생이 난데
없이 토토에게 달려왔다.

"저기……."

고개를 숙이고 있어서 얼굴이 보이지 않았다.

"뭔데요?"

너무 우물쭈물해서 토토는 단호한 어조로 물었다. 그러자 학생은 말없이 가방에서 하얀 봉투를 꺼냈다.

토토가 그것을 받아들자, 학생은 그대로 돌아서서 전력 질주를 했다. 깜짝 놀라 다섯 번 눈을 깜박이는 사이에 그 중학생은 벌써 역 밖으로 사라지고 없었다.

'이거 연애편지 아냐?'

집에 돌아와서 살짝 설레는 마음으로 그 편지를 열어 보았다. 봉투를 풀로 야무지게 붙였기에 억지로 뜯었더니, 삼각형으로 접힌 부분이 너덜너덜하게 찢어졌다. 하지만 편지지가 찢어지진 않았으니 괜찮다고 생각하며 천천히 편지를 펼쳤다.

'방금 쪄낸 고구마 같은 당신에게'

제일 먼저 눈에 들어온 문장을 읽는 순간, 토토의 두근거림은 부글부글 끓는 화로 바뀌었다.

'야!'

만약 이게 연애편지라면, 좋아하는 사람에게 '방금 쪄

낸 고구마 같은 당신에게'라고 쓸 수 있는 거야? 토토의
외모가 아무리 별로라고 해도, 좀 더 로맨틱한 말을 쓸
수 있었을 텐데!

'너무해!' 그렇게 생각하며 토토는 그다음 내용을 읽
지도 않고 편지를 북북 찢어버렸다.

그런데 시간이 조금 지나자, 그 표현이 나쁘지 않았을
수도 있겠다는 생각이 들었다. 아직도 전후 식량난이 계
속되고 있던 시절이었다. 피란지였던 아오모리에서라면
몰라도, 도쿄에서 갓 쪄낸 고구마는 충분히 귀한 음식이
었다. 달콤하고 따뜻한 '방금 쪄낸 고구마'는 아마 그 중
학생이 가장 좋아하는 것이었을 터. 토토를 그가 가장
좋아하는 것에 비유한 것은 그가 생각한 최고의 찬사였
을지도 모른다.

하지만 사춘기에 막 들어선 토토는 그런 의미를 읽어
내지 못했다.

그 중학생이 어떻게 생겼는지, 글씨체는 어땠는지. 교
복을 입고 있었다는 것은 기억나지만, '방금 쪄낸 고구
마'라는 말이 너무 충격적이어서 다른 것은 전혀 기억나
지 않는다.

토토는 어릴 때부터 편지라는 것에 애착이 있었다.

처음 받은 편지랄까 엽서는 토토가 유가와라 온천에서 온천 재활을 할 때 함께 가준 고모에게 받았다. 아주 예쁜 글씨로 "네가 두고 간 석필은 잘 보관하고 있단다. 언제든 가지러 오렴" 하고 쓰여 있었다. 토토가 막 초등학교 1학년이 됐을 때의 일이다. 석필은 쇼와 시대 어린이들이 길바닥에 그림을 그리며 놀 때 쓰던 것이다. 편지 받는 사람에 자기 이름이 쓰여 있어서 토토는 어른이 된 듯한 기분이 들었다.

전쟁 중에 '세계명작선'을 읽었다. 거기에 실린 케스트너의 《핑크트헨과 안톤》을 좋아했다고 이 책 앞에도 썼지만, 같은 책에 실린 러시아 문호 안톤 체호프의 《편지》도 좋아하는 작품이었다.

'눈에 보이지 않는 것을 위해서도 마음을 쓰는' 것이 중요하다고 쓰여 있었다. 체호프가 생각하는 '착함'이 토토에게까지 전해져서, 착한 사람이 되려면 교양이 있어야 한다고, 그러기 위해서는 책을 읽는 것이 중요하다고 생각하게 됐다.

열여덟 살 때, 케스트너 팬인 토토는 케스트너의 책을

번역한 독일 문학자 다카하시 겐지 선생님에게 용기 내어 편지를 쓴 적이 있다. 그랬더니 세상에, 엄청나게 멋진 답장이 와서, 그 후로 선생님과 펜팔을 하게 됐다. 다카하시 선생님이 "우리 편지 마지막에 '암호, 케스트너'라고 쓰기로 하자"라는 제안을 하셨을 때는 얼마나 기뻤는지. 나치와 단호하게 투쟁을 이어간 케스트너의 작품은 웃음이 날 만큼 흥미진진하면서도 풍자가 있었다.

그렇게 편지를 나누다 선생님이 도와준 덕분에 맙소사, 케스트너에게서 편지를 받았다. 바로 그 케스트너에게서! 마음을 담아 편지를 쓰면 그 마음은 상대방에게 전해진다는 것을 다카하시 선생님을 비롯한 많은 사람과 편지를 주고받으며 깨달았다.

그러고 보니 토토는 《말괄량이 삐삐》의 작가 아스트리드 린드그렌의 편지도 갖고 있다. 《창가의 토토》 영어판이 나왔을 때, 꼭 린드그렌 씨가 읽어주었으면 하고 책과 편지를 보냈다. 그랬더니 린드그렌 씨에게 손수 쓴 답장이 왔다. "눈이 나빠서 책을 읽지 못합니다만, 딸이 읽어줄 것이라 기대합니다"라는 내용이었다. 토토는 꿈인가 싶을 정도로 기뻤다. 그 편지는 오랫동안 책상 유리 아래에 넣어두고 언제든 보게 해놓았다.

린드그렌 씨가 돌아가셨다는 사실을 신문을 통해 알게 되었을 때, 너무나 슬펐다. 하지만 94세였다. 대단한 장수! 그러니까 삐삐의 재미는 린드그렌 씨의 에너지에서 나온 것이었구나.

학교가 끝난 뒤, 친구 집에서 놀다 오는데, 친구가 "중간까지 바래다줄게"라고 했다. 그래서 둘이 이케가미선 나가바라역까지 걸어가는데, 역 앞에 '손금 봅니다'라고 쓴 천을 펼쳐놓고 젊은 남자가 앉아 있었다.

토토는 "호오!" 하는 얼굴을 하고 남자에게 시선을 보냈다. 그러자

"손금 한번 보세요"

하고 말을 걸었다. 토토는 열여섯 살이었다. 손금은 어른들이 보는 거라고 여기던 터라 깜짝 놀랐다. 젊은 남자는 자그마한 체구에 낡아빠진 쥐색 기모노를 입고 있었다. 병약한 느낌이랄까, 그 무렵의 일본인이 다들 그랬듯이 영양 상태가 나빠 보이는 허여멀건 얼굴이었다. 하지만 착해 보이는 사람이었다.

모험하는 기분을 느끼고 싶어서 한번 보고 싶어졌다. 복채를 보니 마침 토토가 갖고 있는 용돈으로 낼 만한 정도였다. 지갑 속을 확인하고 머뭇거리는 친구를 꼬드 겼다. 토토가 먼저 "봐주세요" 하고 손을 내밀었다.

그날 토토는 토끼 인형을 안고 있었다. 코란으로 온 라라 물자에서 발견한 그 토끼 인형은 오래전 카메라맨 인 큰아빠에게 선물로 받은 판다 인형과 마찬가지로 토 토의 소중한 보물이었다.

토토는 토끼를 안지 않은 쪽 손을 내밀었다. 그 손은 꼬질꼬질 지저분했다. 토토는 길을 걸을 때 저도 모르게 이것저것 만지는 버릇이 있어서, 이날도 손금을 보기에 는 민망할 정도로 손이 더러웠다. 그래서 항상 엄마에게 손을 씻으라는 잔소리를 들었다.

손금 보는 사람은 태연히 토토의 손을 잡더니, 큰 돋 보기로 한참 동안 손바닥을 들여다보고는 천천히 손을 놓았다.

"저쪽 손도 보여주세요."

시키는 대로 토끼 인형을 바꿔 들고 다른 쪽 손을 내 밀고 보니 그쪽 손은 더 더러웠다.

"죄송해요. 더러워서"

토토가 말하자, 손금 보는 사람은 웃으면서

"괜찮아요"

하고 말했다. 그 사람은 손바닥뿐만 아니라 손바닥 옆과 손톱까지 보고 나서 손을 놓았다. 그리고 토토 얼굴을 빤히 바라보며 이렇게 말했다.

"결혼은, 늦습니다. 아주 늦습니다."

토토는 엉겁결에 친구와 얼굴을 마주 보며 웃었다. 열여섯 살 여자아이에게 결혼이란 아직 먼 미래의 일이다. 그게 늦어서 뭐 어떻다는 건가. 하지만 손금 보는 사람은 토토와 친구가 웃어도 아랑곳하지 않고 진지한 얼굴로 말을 이어갔다.

"돈에는 궁하지 않네요. 그리고……."

한 번 더 토토의 손바닥을 보고 천천히 말했다.

"당신 이름이 방방곡곡으로 퍼집니다."

"방방곡곡이요?"

토토는 되물었다. 손금 보는 사람은 조금 곤란한 듯이 헛기침을 하더니

"왠지는 모르겠지만, 그렇게 나와 있습니다"

라고 했다. 그리고 한마디 더 덧붙였다.

"이나리신(일본 신토에서 농업과 풍요를 관장하며, 여우를 심부름꾼으로 두는 신—옮긴이)을 믿으면 좋습니다."

이 한마디에 토토는 아까보다 더 크게 웃었다. 어릴 때부터 기독교 가정에서 자라 영국계 미션스쿨에 다니는 학생에게 '이나리신'은 너무 웃기다고 생각했다. 토토가 계속 웃자, 그 사람은 자신만만하면서도 친절한 태도로 다시 한번 강조했다.

"그렇게 하는 게 좋습니다."

토토가 인사를 하고 돈을 낸 뒤, 역을 향해 걸어갈 때는 이미 주위가 어둑어둑해졌다.

집에 돌아오자마자 엄마에게

"방방곡곡에 내 이름이 퍼질 거래"

하고 보고했다. 저녁을 준비하던 엄마는 냄비를 들여다보며 이렇게 말했다.

"어머나, 무슨 나쁜 일을 해서 신문에 나오는 거 아니니? 조심해라."

그 뒤로 한참 시간이 흘러 NHK 〈꿈에서 만나요〉에

출연했을 때의 일. 이 프로그램은 12월 31일 밤에 에이로쿠스케 씨, 아쓰미 기요시 씨, 사카모토 규 씨와 함께 아카사카에 있는 도요카와이나리 사원으로 새해 첫 참배를 가는 것이 전통이었다. 경내에는 예능의 신 변재천도 있는데, 효험이 매우 좋다고 한다. 생각해보니 그곳은 이나리신. 나가하라역 앞에서 손금 보던 남자는 아주 잘 맞히는 사람이었다.

코란여학교 선생님은 교장선생님과 채플린 선생님을 제외하면 거의 여성이었다. 게다가 대부분 코란 졸업생이어서 어느 선생님이든 애교심이 강했다. 차분함이라곤 없는 토토 같은 학생은 번번이 "코란 학생답게 바르게 행동하세요" 하고 주의를 받았다.

선생님들 가운데 가장 기억에 남는 분은 영어와 성경을 가르친 시호자와 도키 선생님이다. 시호자와 선생님도 코란 졸업생이었다. 코란여학교는 영국계 학교라는 이유로 전쟁 중에는 군부의 감시를 받고 있었다. 영국 유학 경험이 있어서 친영파로 보였는지 시호자와 선생님은 교회를 통해 일본의 내부 정보를 흘리는 게 아닐까 하고 간첩 혐의로 헌병대에서 조사받은 적도 있다고 한다.

아무튼 그런 어려운 시기를 이겨내고 기독교 신앙에 기초한 교육을 다시 출발시킨 시호자와 선생님의 지도는 엄격했다.

"구로야나기, 오전 수업 끝나면 선생님한테 오세요."

예배를 마친 뒤, 시호자와 선생님의 호출을 받은 적이 있다.

그때는 선생님에게 야단맞을 만한 짓을 한 기억이 없었다. 무슨 일일까 궁금해하면서 경내의 아치형 다리를 건너 교무실로 갔더니 이렇게 말했다.

"구로야나기는 어제 역에서 큰 소리로 친구들과 이야기하고 있던데요, 코란 학생은 그렇게 큰 소리로 떠드는 것 아닙니다."

매서운 어조는 아니었지만, 가타부타 못하게 하는 위엄이 있어서 토토는 "죄송합니다. 앞으로 조심하겠습니다"라고 할 수밖에 없었다.

가네타카 로즈 씨가 왔던 바자회에 관해서도 이런 이야기가 남아 있다.

바자회 매상 전액은 지금으로 말하면 아동보호시설이나 노인홈, 특별지원학교, 한센병 요양소 등에 기부했다. 선생님 중에는 "조금은 학교를 위해 쓰는 게 어떨까요?" 하는 의견을 내는 사람도 있었다. 그러자 시호자와 선생님은 의연하게 "그런 것은 바겐세일이지 바자회라고 하지 않습니다"라고 했다고 한다.

사전에서 '바자회'를 찾아보니 정말 '공공 또는 사회사업 자금을 모으기 위해 벌이는 시장'이라고 나와 있었다.

학생들에게 인기 있는 선생님은 뭐니 뭐니 해도 '고짱 선생님', 즉 고토 야에코 선생님이었다. 고짱 선생님도 코란 졸업생으로 모교에 돌아와 영어를 가르쳤다. 원예부 지도에도 열심이어서, 학교가 불탄 자리에 꽃밭을 가꾸고 있다는 이야기도 들었다.

"물건이 많아서 행복한가 하면, 물건이 없어서 행복한 것도 있어. 그 둘 다를 아는 것이 진짜 행복한 일이지"

"평생 많은 친구가 생기겠지만, 여학교 시절 친구가 제일이야"

등등, 고짱 선생님의 명언이 많다. 사전을 자주 펼치는 모습도 학생들 기억에 남아서, 그런 자세를 본받아야 한다고 생각했다.

　그렇지만 힘든 선생님도 있었다. 남자 선생님이 새로 부임해서 그 선생님에게 대수를 배운 적이 있다. 남자 선생님이 드물었던 터라 학생들은 "여자들 사이에 남자 한 명!"이라며 장난을 치곤 했다.
　그런데 이 선생님과는 뭐랄까, 파장이 맞지 않았다. 선생님이 수업 중에 "질문 있습니까?"라고 물었을 때, 토토는
　"왜 대수를 공부해야 하죠? 어디에 필요한가요?"
라고 물은 적이 있다. 토토는 대수를 좋아하지 않았다. 선생님은 잠시 고민하더니,
　"내일까지 생각해보겠습니다"
라고 했다. 그리고 다음 날, 이렇게 설명했다.
　"기하학을 배우면, 예를 들어 나무에 올라가지 않고도 높이를 알 수 있습니다. 다리를 건너지 않고도 길이를 계산할 수 있지요."
　그건 어쩌면 유용할 수도 있겠다고 토토는 생각했다. 그런데 선생님이 말을 이어갔다.

"하지만 대수학이 어디에 도움이 되는지는 저도 잘 모르겠습니다."

토토는 실망스러웠다.

토토는 수학 시험 때 답안지에 '선생님 거짓말쟁이. 거짓말은 학생에게 좋지 않습니다'라고 쓴 적이 있다. 새 교과서를 나눠주었을 때, 토토가 "받지 않았습니다"라고 했는데도 선생님이 거짓말이라고 우겼기 때문이다.

얼마 후, 선생님은 빨간 펜으로 크게 '-10점'이라고 채점한 답안지를 돌려주었다. 그 뒤로 한동안 토토는 선생님과 눈도 마주치지 않고, 반항적인 태도를 보였다. 그러던 며칠 뒤에 복도에서 만난 선생님이 토토를 불러 세웠다.

"지난번 시험에 마이너스 10점을 준 것은 교사로서 잘못된 행동이라고 생각해 취소하겠습니다."

그 말을 듣고 선생님이 반성했다고 생각했다. 그런데 토토가 "그럼 어떻게 되는 건가요?"라고 묻자 선생님은

"0점입니다"

라고 했다. 토토는 짧게 대답했다.

"됐어요. 취소하지 않으셔도 됩니다."

친구에게 "그 수학 선생님, 정말 싫어"라고 했더니,

"수학 선생님이 아니라 수학 자체가 싫은 거 아니야? 예전 수학 선생님 시험을 볼 때도 큰 소리로 '애들아, 백지 내지 않을래?' 그랬잖아"

라고 했다.

정말로 그런 말을 했던가?

지유가오카의 영화관

전후 얼마 지나지 않은 일본에서 오락이라고 하면 단연 영화였다. 그러나 토토는 피란 중에 여성 좌장의 연극을 본 적은 있어도, 영화관에는 한 번도 가본 적이 없었다. 그래서 도쿄로 돌아가기로 결정됐을 때, 영화를 보는 것이 무척 기대됐다.

가장 가까운 영화관은 지유가오카에 있는 난부좌였다. 역에서 걸어서 1분 거리로, 역과 도모에학교의 중간쯤에 있었다. 코란 친구 중에도 영화를 좋아하는 아이가 있어서 가끔 함께 가거나 혼자 가기도 하며 방과 후의 자유로운 시간을 보냈다.

난부좌는 전쟁 중에 군 관련 일을 한 창업자가 전쟁이
끝난 뒤에 필요 없어진 비행기 격납고를 받아서 영화관
으로 꾸몄다고 한다. 건물이 가마보코(생선살을 갈아 만든
일본 전통 어묵으로, 보통 반원형—옮긴이)처럼 생겨서 '가마
보코 영화관'이라고도 불렀다. 도모에학교도 필요 없어
진 전차 차량을 교실로 썼지만, 옛날 사람들은 이런 재
활용에 능숙했다. 입구에는 종려나무를 심어놓아 영화
관 이름에 어울리는 남국의 분위기를 자아냈다.

난부좌를 좋아한 이유는 신작 서양 영화를 자주 상영
해서이다. 사실 학교에서는 하굣길에 영화관 가는 것을
금지했지만, 토토는 신작을 하루라도 빨리 보고 싶어서
선생님들 몰래 열심히 난부좌에 드나들었다.

어느 날, 코란여학교 선생님 중에도 난부좌 팬이 많다
는 사실을 알게 됐다.

그날 난부좌는 인기 시리즈 최신작을 막 개봉한 터라
매우 붐볐다. 토토와 친구는 무슨 일이 있어도 그 영화
를 꼭 보고 싶었다. 직원이 자리가 없다고 했지만, 제일
뒤에 선 사람들에 섞여서 보기로 했다.

어둠 속에서 둘이 나란히 영화를 보고 있는데, 늦게

들어온 여성이 토토의 어깨에 부딪혔다.

"어머나, 미안합니다."

스크린의 희미한 빛이 익숙한 목소리의 주인을 비추었다.

"앗!"

토토는 깜짝 놀라 소리를 질렀다. 고짱 선생님이었다.

"쉿!"

고짱 선생님은 검지를 입에 대고 토토의 어깨에 손을 올리더니 아무 말 없이 안쪽으로 들어갔다.

"나도 못 본 걸로 할 테니, 너희도 못 본 걸로 해. 영화 재미있게 보자."

고짱 선생님의 손바닥을 통해 토토는 그런 메시지를 읽었다.

그때 상영한 영화는 밥 호프와 빙 크로스비, 두 스타가 출연한 〈로드 투Road to……〉 시리즈 중 한 편이었다. 〈싱가포르 가는 길〉이었는지 〈알래스카 가는 길〉이었는지는 기억나지 않지만, 엉뚱한 콤비가 세계 각국에서 기묘한 모험을 펼치는 뮤지컬 코미디였다.

토토는 밥 호프의 말투가 마음에 들어서, 영화를 다

보자마자 성대모사를 했다. 연습한 것을 다음 날 학교에서 친구들에게 들려주었더니, 영화를 보지 않은 친구들까지 웃어댔다. 고짱 선생님에게도 들려주면 더 크게 웃어주실 텐데 생각했지만, 고짱 선생님의 손바닥이 떠올라 그만두기로 했다.

학년이 올라갈수록 영화를 더 좋아하게 된 토토는 에비스의 영화관까지 진출했다. 그곳에서는 유럽 영화를 상영했다. 어느 날에는 아침 8시부터 밤 9시까지 프랑스 영화 여덟 편을 연속으로 상영한다는 소식을 듣고 보러 간 적도 있었다. 엄마한테는 "내일은 학교 행사 준비가 있어서 늦게 올 거야"라고 거짓말을 했다.

그러던 어느 날, 토토는 그 후의 인생을 좌우할 운명의 영화를 만났다. 바로 이탈리아 오페라 대표작 《토스카》를 다룬 영화였다!

푸치니가 작곡한 《토스카》는 열정적인 오페라 가수 토스카와 화가 카바라도시의 비극적인 사랑을 그린 작품이다. 토스카가 카바라도시를 찾아가는 교회 장면부터 산탄젤로성에서 몸을 던지는 마지막 장면까지, 토토는 토스카의 노래와 의상에 완전히 매료됐다.

　오페라 가수 토스카는 커다란 부채를 얼굴 가까이 들고 우아하게 등장해, 맑고 고운 소프라노로 "아아아~" 하며 화려하게 노래를 불렀다. 그의 드레스는 예쁜 레이스와 리본으로 장식되었고, 드러난 가슴 위로는 움직일 때마다 다이아몬드 목걸이가 반짝거렸다. 머리에는 꽃이 달린 화려한 장식 핀을 꽂고 있었다.

　'와, 멋지다!'

　전쟁이 끝난 지 얼마 되지 않아 입을 옷조차 거의 없던 토토에게는 그 모든 것이 꿈처럼 느껴졌다.

　그 꿈은 토토의 모든 감각을 뒤흔들었다.

　'저 사람이 되자!'

　토토는 결심했다.

"오
페
라

가

수

가

될

래
"

어린 시절 토토는 스파이, 친돈야(북을 치거나 나팔을 불
며 광고를 하는 호객꾼—옮긴이), 그리고 역에서 표를 파는
사람이 되고 싶었다. 어릴 때 발레 〈백조의 호수〉를 봤을
때는 언젠가는 발레리나가 되고 싶다고 생각했다. 도모
에학교의 고바야시 선생님 앞에서 "어른이 되면 우리 학
교 선생님이 될게요"라고 선언한 적도 있었다. 하지만,
사랑하는 도모에는 공습으로 불타버렸다. 여학생이 된
토토는 이제 예전만큼 '~가 되고 싶다'는 명확한 이미
지를 품지 않았다.

그러나 엄마는 "네가 하고 싶은 것을 마음껏 배웠으면

208

좋겠다"라고 말했고, 토토는 그 '하고 싶은 것'을 찾을
때까지 기다리기로 했다.

《토스카》를 본 것은 바로 그 무렵이었다.

토토가 좋아하는 모든 것이 담겨 있는 '오페라 가수'
라는 직업이 토토의 눈앞에 홀연히 나타났다. 토토는 자
기에게 재능이 있는지 생각도 하지 않고 '오페라 가수가
될래'라고 멋대로 결정했다.

"신은 누구에게나 반드시 뛰어난 재능을 하나씩 주신
다. 그러나 대부분 사람은 그 재능을 알아차리지 못하고
다른 직업을 선택해 일생을 마친다. 아인슈타인이나 피
카소 같은 사람들은 재능과 직업이 제대로 맞아떨어진
경우다."

토토가 《토스카》를 본 것은 누가 이런 이야기를 해줬
을 때이기도 했다. 자기에게 어떤 재능이 있는지 전혀
몰랐지만, 앞으로의 인생에서 가장 중요한 것은 자신의
재능을 찾아 직업과 연결하는 것이라고 생각했다.

기껏 오페라 가수가 되기로 결심은 했지만, 무엇을 어
디서 어떻게 공부해야 할지 몰랐다. 학교 친구에게 의논
했더니 "그러려면 아무래도 음악학교에 가야 하지 않을

까?"라고 했다.

토토는 엄마가 음악학교에 다닐 때 아빠를 만나 결혼
했기 때문에, 우선 엄마에게 조심스레 의논했다.

"오페라 가수가 되고 싶어."

그러자 엄마는 평소처럼 온화하게 대답했다.

"그래? 그거 괜찮네."

좋은 일은 서둘러야 한다. 그 무렵 토토는 코란여학교
4학년. 그때는 학제가 개편되며 6·3·3제가 본격적으로
시작되던 과도기였다. 이전 제도에서 중학교와 고등학
교는 5년제였지만, 4년 만에 졸업해 상급 학교에 진학하
는 학생도 적지 않았다.

토토도 여학교를 4년 만에 졸업하고 음악학교에 진학
했으면 좋겠다고 생각했다. 하루라도 빨리 음악학교에
들어가서 하루라도 빨리 능숙해지면 바로 역을 받을 수
있으리라 생각했다. 매우 단순했지만, 그렇게 생각한 원
인은 전쟁 중의 배급제도 때문이었다. 그 긴 행렬! 당시
토토는 줄을 먼저 서면 물건을 받을 수 있다는, 무엇이
든 선착순이라는 발상에 익숙했다.

토토는 도쿄 도내를 뛰어다니며 몇몇 음악학교에 가서 입학하고 싶다고 말해보았다. 그랬더니 학교에 따라서는 "얼마나 기부할 수 있습니까?"라고 대놓고 묻는 곳도 있었다. 전쟁이 끝난 지 얼마 안 됐기 때문에 교사를 다시 지어야 하고, 변경된 학제에 걸맞은 커리큘럼을 준비하려면 금전적 지원이 필요했을 것이다.

돈 문제는 잘 몰랐지만, 잠시 생각해보고는 기부 액수가 합격에 영향을 미친다는 건 이해했다. 이해는 했지만 유감스럽게도 이렇게 대답할 수밖에 없었다.

"아버지한테 비밀로 시험을 치기 때문에 기부는 무리입니다."

'아버지한테 비밀'은 사실이었다. 엄마에게 들은 바로는, 아빠는 여성이 사회생활을 하거나, 가수 같은 험난한 세계에서 일하는 것을 싫어하는 사람이었다.

몇 군데 후보 학교 가운데 엄마가 다닌 동양음악학교에서는 기부를 요구하지 않고 입학시험을 치르게 해주었다. 그리고 무사히 합격하여, 토토는 동양음악학교 학생이 됐다.

입학하자마자 충격적인 사건을 알게 됐다. 토토가 본

《토스카》의 아름다운 노래는 실제 배우가 부른 게 아니라, 다른 소프라노 가수가 부른 노래에 토스카 역의 배우가 입을 맞췄다는 것이다. 그런 것은 굳이 알려주지 않아도 될 텐데, 동급생 남자아이가 이렇게 말했다.

"왜, 소프라노는 못생겼고 테너는 바보라고 예전부터 그러잖아. 바로 그거야."

토토도 소프라노 지망이었다.

동양음악학교는 야마노테선 메지로역에서 걸어서 15분 정도, 조시가야의 기시모진신사 앞에 있었다. 입학한 뒤에도 토토는 가능하면 많은 오페라를 보려고 노력했다. 그러다 '오페라 가수가 되고 싶다'에서 한 걸음 더 나아가 '이 노래가 좋아!' '이 곡을 부르고 싶어!'라는 구체적인 목표가 생겼다.

그것은 모차르트의 걸작 오페라 《마술피리》에 나오는 〈밤의 여왕 아리아〉였다.

"Ha, a, a, a, a, a, ha, ha, ha, ha, ha, ha, ha, ha."

이 소절은 콜로라투라 소프라노 기법이라고 해서 목

소리를 화려하게 굴리며 부른다. 〈밤의 여왕 아리아〉는 소프라노 곡 중에서도 최고봉으로 꼽히는 가곡이었다.

토토는 혼자 있을 때 이 곡을 불러보았다. 무리 없이 높은 음을 내며 목소리를 굴릴 수 있었다.

"콜로라투라 소프라노를 완벽하게 하고 싶어."

토토는 결심을 굳혔다.

참고로, 〈테츠코의 방〉 오프닝곡에는 본래 가사가 있고 '콜로라투라'라는 말이 사용되었다.

높은 소리를 낼 때 눈이 몰리지 않게

웃을 때는 되도록 콜로라투라로

고추냉이 겨자 후추 등은 적당히~

담배는 절대 절대~ 금물이야~

술은 이것은 절대~ 끊을 수 없~어

이것은 소프라노 가수 시마다 유코 씨와 공연한 〈즉흥 음악곡〉이라는 콘서트의 테마송으로, '끊을 수 없~어' 다음에 "아~ 아아아아아아, 아아아아아아아, 아~" 하고 콜로라투라로 부르는 대목이 있었다.

작사는 야마카와 게이스케 씨, 작곡은 이즈미 다쿠 씨다. 〈테츠코의 방〉 스태프가 이즈미 다쿠 씨에게 프로그램 오프닝곡을 부탁했더니 "이 테마송은 시간적으로도 30초면 딱 맞으니까 이걸 씁시다" 해서 쓰게 됐다.

음악학교에서 성악을 가르쳐주신 다카야나기 후타바 선생님은 후지와라 가극단에도 소속되어 소프라노 가수로 크게 활약하셨지만, 토토가 동경하는 콜로라투라 소프라노는 아니었다. 콜로라투라 소프라노 선생님은 학교 이외의 곳에서 찾기로 했다. 엄마에게 의논할까도 생각했지만, 이제 어린아이도 아니니 스스로 해결하기로 했다.

소프라노 가수라고 하니 오타니 교코 선생님이 먼저 떠올랐다. 전화번호를 찾아 전화를 걸었더니, 어이없을 만큼 쉽게 "좋아요"라는 답을 받았다. 곧바로 주소를 들고 자택 겸 개인지도실을 찾아갔다. 동양음악학교에서 비교적 가까웠다.

거실에는 그랜드피아노가 있었다. 토토가 레슨을 받으러 가면 선생님은 이목구비가 뚜렷한 얼굴에 진한 아이라인과 빨간 입술, 풍성한 드레스 차림으로 맞이해주었다. 토토에게 노래를 가르칠 때도 우아한 분위기를 흐뜨리지 않는 선생님을 보며, 오페라 세계와 현실 세계가 이어져 있는 것이 선생님의 매력일지 모른다고 생각했다.

오타니 선생님은 당시부터 《춘희》의 비올레타가 적역이라고 알려졌다. 다만 비올레타가 부르는 아리아 〈꽃에서 꽃으로〉도 소프라노이지만, 토토가 매료된 콜로라투라와는 또 달랐다. 유감스럽게 오타니 선생님도 콜로라투라 소프라노가 아니었다.

지금 생각해보니 토토가 동경한 콜로라투라가 나오는 오페라 작품은 손에 꼽을 정도로 얼마 되지 않았다. 그중 한 곡이 《마술피리》에 나오는 〈밤의 여왕 아리아〉였다. 당시 일본에서는 이 오페라가 상연된 적이 없어서, 토토가 콜로라투라 선생님을 만나지 못한 것은 어쩔 수 없는 일이었을지도 모른다.

음악학교에는 이탈리아어와 독일어 수업도 있었다. 〈밤의 여왕 아리아〉를 부르려면 독일어 발음이 매우 중요했고, 오페라를 부를 때 어학 소양은 필수였다.

학교도 많이 힘들었을 것이다. 어학 수업은 함께 들으니 괜찮지만, 성악을 공부할 때는 남자와 여자로 나눈 뒤, 다시 목소리의 높이에 따라 분류했다. 악기를 준비하는 것도 피아노, 바이올린, 첼로 등 끝이 없었다. 각 분야의 선생님을 모으는 것도 쉽지 않았을 것이다. 콜로라투라가 아니면 싫다고 고집부릴 상황이 아니었다.

그러나 토토는 수업에 집중하지 못했다. 선생님이 고른 곡과 자기가 부르고 싶은 곡의 차이를 좁히지 못해 꿈과 현실 사이의 괴리가 점점 커져만 갔다. 그 대신이라고 하긴 뭣하지만, 자주 교실을 이탈해 이케부쿠로에 영화를 보러 갔다. 그것도 교실 창문으로 몰래 빠져나와서.

땡땡이를 치기도 하고, 때로는 진지하게 수업을 받기도 하고, 오타니 선생님에게 레슨을 받기도 하며, 근근이 음악학교 생활을 하면서 토토의 마음속에 갈등이 생긴 건 사실이었다. 토토보다 훨씬 노래를 잘하는 선배들조차 오페라 가수로 활약하지 못하고, 결혼하거나 음악 선생님이 되거나 음악 관련 회사에서 일을 했다. 혹독한 현실을 보는 느낌이었다.

첼로를 전공하는 남학생 친구가 있었다.

"딱 하루만 첼로를 빌려주지 않을래?"

토토가 그렇게 부탁하자, 그 친구는 좋다고 기꺼이 응해주었다.

학교에서 돌아오는 길에 갑자기 거대한 짐을 맡게 된 토토는 처음에는 어쩐지 멋있다고 생각했지만, 들어보니 너무 무거워서 깜짝 놀랐다. 토토가 집에 가는 시간의 야마노테선은 언제나 붐벼서 이런 걸 안고 만원 전철을 탈 수 없었다.

'실수했나.'

그렇게 생각했지만 돌이킬 수도 없어서, 간신히 메구로역까지 가서 메카마선으로 갈아탔다. 전철 안에서는 여러 사람이 첼로에 부딪혔다. 마른 여자아이가 커다란 첼로를 안고 있는 모습이 얼마나 우스꽝스러웠을까.

집에 도착했을 때는 완전히 녹초가 됐다. 애초에 이런 걸 빌리는 게 아니었다. 하지만 이왕 빌려왔으니 일단 켜보자고 생각을 고쳐먹었다.

마침 높이가 딱 적당한 의자가 있어서 그 위에 앉아 자세를 취하니, 왠지 그럴듯했다.

왼손으로 현을 눌러보았다.

'단단해!'

첼로 현은 상상보다 훨씬 굵고 단단했다. 겨우 몇 초 눌렀는데도 손가락 끝이 찌릿찌릿하고, 현 자국이 손가락에 또렷이 남았다.

'이건 무리다.'

첼로를 켜기 시작한 지 3분도 지나지 않아 첼리스트를 향한 토토의 꿈은 깨졌다.

다음 날, 친구에게 첼로를 돌려주었다.

"어땠어?"

"바로 연주할 줄 알았던 내가 경솔했어."

오페라 《마술피리》에 등장하는 왕자 타미노와 새잡이 파파게노는 마술피리와 마법의 방울을 사용해 적을 혼란에 빠뜨리거나 퇴치하지만, 악기를 능숙하게 잘 다룬다는 것은 그것만으로도 마법사가 된 것과 같다.

바이올리니스트인 아버지를 두고도 악기에는 재능이 별로 없었던 토토는 진심으로 그렇게 생각했다. 다섯 살 때부터 피아노를 배웠지만, 〈고양이 왈츠〉 정도밖에 치지 못했으니까.

동양음악학교 졸업식에서

후지와라 가극단에 취직한 선배에게서 오페라 연출가인 아오야마 요시오 선생님이《나비부인》공연의 조수를 찾고 있다는 소식을 들었다. 조수가 정확히 무엇을 하는지는 몰랐지만, 오페라 제작 현장을 볼 수 있는 흔치 않은 기회일 것 같아서 하겠다고 했다. 아오야마 선생님이 토토의 아버지가 바이올리니스트라는 점을 인정해준 덕분에 이야기는 빠르게 진행됐다.

차라리 오페라 연출가가 되는 것은 어떨까? 토토는 오페라를 좋아했고, 나이 어린 사람치고는 오페라 작품을 많이 보았다. 자신의 재능을 직업으로 살리는 것은 극히 드물게 타고난 재능을 지닌 사람들만 할 수 있는 일일지도 모른다. 그렇지만 토토는 아직 자신의 재능이 어디에 있는지 모르니까 뭐든 해보는 것이 중요하다고 생각했다.

아오야마 선생님이 "이건 어떻게 생각하니?"라고 물으면 토토는 자기 의견을 말했고, "저거 가져와라"라고 하면 얼른 가서 갖고 왔다. 토토는 부지런히 뛰어다녔지만, 도움이 됐는지는 알 수 없다. 그러나《나비부인》은 무사히 공연을 마쳤다. 훗날, 아오야마 선생님이 구상한

《나비부인》의 클라이맥스 연출 방식은 뉴욕 오페라 컴퍼니에서 그대로 사용하며 오랫동안 관객의 눈물을 자아냈다.

토토는 아오야마 선생님의 작업 방식을 되돌아보았다. 아오야마 선생님의 일은 한마디로 말하면 '어떻게 할지를 결정하는' 일이었다. 가수의 동선은 이것, 의상은 이것, 음악은 이것, 미술은 이것. 연출가는 작품에 정통해야 한다고 하지만, 아오야마 선생님의 정통함은 보통이 아니었다. 토토는 도저히 그런 수준에 이를 수 없을 것 같아서 지레 겁을 먹었다.

출구가 보이지 않는 미로 속을 걷고 있었다.

토토의 재능은 대체 어디에 있는 걸까?

고민이 많았던 음악학교 시절에 토토가 위안을 얻은 것. 그것은 바로 점심시간이나 수업이 끝난 뒤에, 때로는 수업을 땡땡이치고 나와서 먹는 라멘 한 그릇이었다.

토토가 라멘 맛에 눈뜬 것은 동양음악학교에 다니면서부터인데, 학교 근처에 맛있는 라멘 가게가 있었다.

가게 이름은 '다카라켄'. 동네에 흔한 중화요리점으

로 라멘 한 그릇에 35엔이었다. 수타면이 자랑인 가게였는데, 이렇게 맛있는 음식은 처음이라는 생각이 들 만큼 맛있었다. 드르륵 문을 여는 순간, 맛있는 국물 냄새가 코를 간질였다. 카운터에 앉으면 주인이 일사불란하게 면을 만드는 과정도 볼 수 있었다.

벽에 뚫린 구멍으로 굵은 대나무 막대가 쭉 뻗어 있다. 그 아래에는 면을 펴는 받침대가 있고, 거기에 원반 모양의 면 생지가 놓여 있다. 대나무 막대에 한쪽 다리를 걸치면 원반에 압력이 가해지는 구조다. 주인은 발꿈치를 이용해 휙휙 능숙하게 대나무 막대를 돌리면서 반죽을 능숙하게 늘려나갔다.

탁탁탁탁.

마치 맑은 소리를 내는 퍼커션처럼 대나무 막대기가 리드미컬하게 울렸다. 면이 "더는 늘어날 수 없어요!"라고 외칠 것 같은 순간까지 면을 쭉쭉 늘린 다음, 그 면을 접어서 끝부터 싹둑싹둑 썰었다.

수타 작업을 보는 것도, 맛있을 것 같은 소리를 듣는 것도 즐거웠지만, 무엇보다도 라멘 맛이 최고였다. 토토는 거의 날마다 학교에서 돌아오는 길에 그곳에 들렀다.

점심시간에는 친구들과 함께 기시모진신사의 벤치에 앉아 군고구마를 먹으며 수다를 떨기도 했다. 키시모진鬼子母神은 순산의 신으로, 배가 부른 여성들이 매일 몇 명씩 와서 기도를 올렸다. 엄마인 듯한 사람을 따라온 젊은 부인도 있었고, 아이를 몇 명이나 데리고 와서 "또 왔어요!"라고 말하는 아주머니도 있었다. 추위에 떨며 달려와서 기도하고 금방 돌아가는 사람도 있었다. 배가 불룩한 개가 신사 경내를 가로지를 때도 있어서 토토와 친구들은 폭소를 터뜨리곤 했다.

아빠가 돌아오다

　그날이 올 때까지 출정한 지 5년이 넘는 세월이 걸렸다. 1949년 가을에 "12월 말에는 일본으로 돌아갈 수 있어" 하는 아빠의 엽서가 날아왔다. 온 가족이 팔짝팔짝 뛰며 기뻐했다. 할머니는 "저기요, 저기요" 하고 우체부를 불러 세워, 경사스러운 일이라며 사례를 주었을 정도다.

　시베리아의 포로수용소에서 돌아오는 송환자를 태운 배는 동해에 면한 교토의 마이즈루항으로 입항했다. 송환자들은 거기에서 기차를 타고 각자 고향에 돌아가기로 되어 있었다. 마이즈루에는 가족을 위한 연락소가 있는데, 그곳에 편지를 보내두면 아빠가 받을 수 있다는 것을 알고 토토는 편지를 써서 마이즈루로 보냈다.

"아빠, 어서 오세요. 오랜 세월 정말 고생 많으셨어요. 가족은 모두 건강히 잘 지내고 있고, 아빠가 오시기만 손꼽아 기다리고 있어요. 우리 집은 오이마치선 기타센조쿠, 옛날과 같은 곳에 새로 지었답니다. 빨간 지붕과 하얀 벽의 작은 집이에요. 얼른 돌아오세요."

12월이 끝나가는 어느 날 아침, 근처 약국 아주머니가 "오늘 아침 6시 뉴스에 댁의 남편이 귀국했다고 나왔어요" 하며 우리 집으로 달려왔다.

시베리아에 억류됐던 아빠가 드디어 일본에 돌아온다.

노리아키는 아홉 살, 아빠가 출정하던 해 봄에 태어난 여동생 마리는 아빠에 관한 기억이 없는 채 다섯 살이 됐다. 참으로 긴 세월이 흘렀지만, 시베리아 억류자의 귀국 사업은 1947년부터 1956년까지 진행됐다고 하니 비교적 일찍 귀국한 편일지도 모른다.

온 가족이 함께 시나가와역까지 마중하러 갔더니, 오랜만에 만난 아빠가 바이올린 케이스를 소중히 안고 열차에서 내렸다.

"토토스케! 많이 컸구나!"

아빠는 5년 전과 조금도 달라지지 않았다. 기쁨과 반가움에 토토의 가슴속은 뜨겁게 차올랐다.

그날 밤은 정말로 오랜만에 아빠를 둘러싸고 가족끼리 단란한 식사를 했다. 메뉴는 물론 소고기 스테이크였다. 출정하기 전까지 아빠는 부엌에 선 적이 한 번도 없었는데, 식사를 마치고 도우미 아주머니가 아빠 접시를 정리하려고 하자 아빠가 벌떡 일어나더니 "괜찮습니다. 내가 할게요" 하고 설거지를 했다.

모두 깜짝 놀랐다. 엄마도 눈을 동그랗게 뜨고 아빠가 치우는 모습을 지켜보았다. 수용소 습관이 나온 모양으로, 도우미 아주머니는 당황했지만, 엄마는 "그냥 두세요. 어차피 2, 3일일 테니" 하고 웃었다. 실제로 아빠는 일주일도 채 되지 않아 본래대로 돌아와, 집안일은 손도 대지 않았다.

귀국하고 얼마 동안은 일 관계 사람들이 잇따라 찾아와서 집 안이 몹시 떠들썩해졌다. 아빠는 도쿄교향악단에 콘서트마스터로 영입되어 바이올리니스트로 복귀를 마쳤다.

모든 것이 예전과 똑같이 움직였다. 하지만 군대라든 가 시베리아 억류 이야기가 나오면 아빠는 입이 무거워 졌다.

"아빠는 시베리아에서 뭐 하셨어요?"

토토가 물어봐도,

"시베리아는 추웠어. 영하 20도나 되는 곳에서, 수용 소에서 수용소로 지붕 없는 트럭을 타고 다니며 바이올 린을 연주했지"

이런 정도만 이야기했다. 자식에게는 말하고 싶지 않 은 고통스러운 경험이 있었을 터다.

엄마가 아빠에게 들은 이야기를 모아보자면, 아빠의 시베리아 경험은 이러했다.

아빠가 소속된 부대는 소련군에게 무장해제되어 전원 이 시베리아 수용소로 보내졌다. 처음에는 탄광에서 강 제노동을 했는데, 그 노동 환경이 너무나도 열악했다. 한 주에 한 번 나오는 특식조차 수수가 섞인 약간의 밥에 소 금에 절인 오이와 청어 정도였다. 그러나 생선을 싫어하 는 아빠는 청어를 먹지 못했다.

아빠가 끌려간 탄광에는 일반 러시아인도 많이 일하

고 있어서, 아빠는 어떤 아주머니와 이야기를 하게 됐
다. 가족은 있는지 물어보기에 한시도 몸에서 떼지 않고
갖고 있던 가족사진을 보여주었다. 그러자 아주머니는
"이렇게 예쁜 부인과 아이들이 있으니까, 당신은 여기서
도망치려다 총 맞아 죽으면 안 돼요. 꼭 살아서 돌아가
세요"라는 뜻을 몸짓 섞어가며 전했다. 아버지는 그 아
주머니의 말에 큰 힘을 얻었다고 한다.

그러던 어느 날, 소련군 고관이 직접 호출하더니 이렇
게 말했다.

"듣자 하니 자네는 일본에서 유명한 바이올리니스트
라고 하더군. 앞으로 자네는 일본인 수용소를 위문해 연
주를 하도록 해."

언제 조국으로 돌아갈지조차 알 수 없는 절망의 나날
을 보내며 고향을 사무치게 그리워하는 포로들 사이에
서 일본 노래를 듣고 싶다는 간절한 요청이 있었다고 한
다. 아빠는 바이올린을 받고, 음악을 좋아하는 전우를
모아서 위문 음악단을 만들어 몇 군데의 일본인 수용소
를 도는 활동을 시작했다. 〈황성의 달〉이며 〈유머레스
크〉 등을 연주하여 열렬한 갈채를 받았다. 〈도쿄 온도東

京音頭〉나 〈언덕을 넘어〉처럼 아빠가 모르는 곡을 신청받을 때는, 잘 아는 사람에게 몇 번 불러보게 해서 악보를 만들었다. 지붕이 없는 트럭 짐칸에 타서 영하 20도의 설원을 몇 시간이고 이동하는 것은 가혹함 그 자체였겠지만, 그래도 사람의 마음을 위로하는 활동을 할 수 있었던 것은 다행이라고 생각한다.

일본에 있을 때는 군가를 연주해달라는 요청을 거절했던 아빠가, 시베리아에서는 이를 악물고 강제노동을 하는 포로들이 신청한 곡이라면 군가든 뭐든 열심히 연주했다. 돌아온 후에 도쿄에서 길을 가다가 낯선 사람에게 "시베리아에서 바이올린 연주 잘 들었습니다"라는 인사를 들은 것도 한두 번이 아니었다.

소련군 장교가 "모스크바에 가서 음악학교 선생으로 남지 않겠는가?" 하고 권했을 때는 잠시 고민했다고 한다. 일본인 여성은 모두 미군의 여자가 됐다는 말도 들었다고 한다. 하지만 아빠는 그럴 리 없다고 믿고 모스크바행을 거절했다.

포로로 간 사람들은 추위와 영양실조로 연신 픽픽 쓰러졌다고 들었는데, 아빠가 무사히 돌아와서 정말 다행

이었다. 만약 아빠가 시베리아 땅에서 죽었더라면 토토
는 아빠를 죽음으로 몰고 간 누군가를 증오하면서 그 후
의 인생을 살게 됐을 테니까.

시베리아에서 귀국한 아빠의 코트 가슴 주머니에는
그날 오하기와 함께 전해준 가족사진이 소중히 들어 있
었다.

좋은 엄마가 되려면

    토토가 문득 정신을 차리고 보니, 동양음악학교 동급생들은 대부분 취직이 결정되어 있었다. 레코드 회사에 들어가거나, 음악 교사가 되거나, 심지어 후지와라 가극단에 입단한 친구도 있었다. 졸업 후의 진로 이야기를 할 때마다 친구들 얼굴은 빛나 보였다. 그저 라멘이나 군고구마만 먹고 지낸 것이 아니었다.

    동급생 중에는 〈무희〉 같은 히트곡으로 유명해진 가수 미우라 고이치도 있었다. 미우라는 벌써 녹음을 마치고 데뷔가 확정됐다고 했다. 토토는 자기만 아직 갈 곳이 정해지지 않았다는 사실을 알았을 때 무척 의기소침해졌다.

어느 날 하굣길, 전봇대에 붙어 있는 포스터가 눈에 들어왔다.

— 인형극 〈눈의 여왕〉 공연 - 긴자 고준샤홀

'오, 긴자에서 하네. 인형극이라니, 어떻게 하는 걸까?'

지금은 인형극을 텔레비전에서도 흔히 방송해 누구나 알고 있지만, 당시에는 전혀 감이 오지 않았다.

토토는 《눈의 여왕》이 안데르센이 쓴 동화라는 것은 알아도 인형극은 한 번도 본 적이 없었다. 게다가 '긴자' 라는 두 글자에 마음이 끌렸다. 긴자는 아버지와 함께 데이트했던 추억의 거리다. 스와노타이라에서 들었던 〈도쿄 랩소디〉도 그리웠다. 혼자 가는 것이 조금 망설여 졌지만, 일요일 오후에 큰마음 먹고 가보기로 했다.

고준샤홀은 아이들로 가득 차 있었다. 신나는 음악과 함께 약간 통통하고 건강해 보이는 젊은 여성이 남자아 이와 여자아이 인형을 양손에 들고 무대에 나타났다. 그 는 간단히 인사한 다음 무대 아래로 몸을 숨겼다. 이제 무대 위에는 인형들만 남고, 드디어 인형극이 시작됐다.

토토는 의자에 앉아 몸을 약간 비틀어 무대 아래에 웅 크리고 있는 젊은 여성을 바라보았다. 그는 무릎을 꿇고

두 손으로 인형을 조종하면서 아이 목소리로 노래를 부르고 이야기를 들려주었다. 때로는 무대 끝에서 끝으로 달리기도 하고 폴짝 뛰어오르기도 하며, 온몸이 땀에 젖도록 열정적으로 연기했다. 객석에 앉은 아이들은 호기심 가득한 웃는 얼굴로 몸을 앞으로 내밀고 손바닥이 터질 듯이 박수를 보냈다.

클라이맥스가 가까워졌다. 눈의 여왕이 남자아이 카이와 여자아이 게르다에게 무서운 일을 명령하자, 객석에서 아이들이 "불쌍해" "너무해"라고 속삭이는 소리가 들렸다. 그때 토토는 신기한 감정에 휩싸였다. 영화 〈토스카〉를 봤을 때와는 전혀 다른, 뭔가 부드러운 것으로 몽글해지는 듯한, 오랜 친구를 만난 듯한 기분이 들었다.

우레와 같은 박수 소리 속에 인형극 〈눈의 여왕〉은 막을 내렸다.

신바시역까지 걸어가며 토토는 생각했다. 만약 오늘 저 젊은 여성처럼 토토도 그런 일을 할 수 있다면, 많은 관객 앞에서가 아니라 내 아이들에게 보여줄 수 있다면 얼마나 좋을까.

음악학교 친구들이 잇따라 취직을 결정해서였을까.

당시 말로 하자면 '직장여성'이 되겠다는 꿈은 점점 멀어지고, '결혼'이라는 두 글자가 묘하게 가까워졌다.

'결혼하면 아이가 태어나겠지. 청소, 빨래, 요리를 잘하는 엄마는 많지만, 인형극을 할 줄 아는 엄마는 그리많지 않을 거야.'

집에 도착할 때까지 토토는 그런 공상에 잠겼다.

'오늘 같은 인형극을 엄마가 아이에게 보여준다면 최고겠지만, 적어도 아이가 잠들 때까지 베갯머리에서 멋지게 그림책을 읽어주면 어떨까. 그런 엄마라면 될 수있을지도 몰라. 그래, 토토는 아이에게 그림책을 잘 읽어주는 엄마가 될래!'

엄마가 되려면 먼저 결혼을 해야 하는데, 토토는 그과정을 건너뛰고 이불 사이로 머리를 쏙 내밀고 있는 아이의 모습을 상상했다. 아이의 웃음소리까지 들려오는듯한 기분이었다.

인형극 〈눈의 여왕〉은 그림자극 작가 후지시로 세이지 씨가 젊은 날에 연출한 것, 음악은 전부 아쿠타가와 야스시 씨가 작곡한 것, 남성 4인조 코러스는 아직 프로가 되기 전의 다크 닥스(일본의 유명한 남성 4인조 코러스 그

룹―옮긴이)인 것 등을 이때의 토토가 알 리 없었다. 그렇지만 훌륭한 〈눈의 여왕〉 공연을 본 것이 토토의 인생을 결정하는 계기가 된 것은 틀림없었다.

토토는 인형극을 하던 젊은 여성이 가장 열심이었던 것과 어린이들이 무척 즐거워했던 것을 엄마에게 신나게 이야기했다. 그러고는 엄마에게 물었다.

"그림책 읽기나 인형극 하는 방법을 가르쳐주는 곳 없을까?"

"그러게, 신문에 나와 있지 않을까?"

엄마의 말에 토토는 그날만 신문을 펼쳐보았다.

NHK에서는 텔레비전 방송을 시작하게 되어 전속 배우를 모집합니다. 프로 배우일 필요는 없습니다. 1년 동안 최고의 선생님을 붙여 교육을 진행하며, 채용된 사람은 NHK 전속이 됩니다. 채용 인원은 약간 명……

세상에 이런 우연이! 신문 한가운데에서 NHK 광고를 발견한 토토는 바로 이거다 싶었다. 비록 텔레비전이 무엇인지는 잘 몰랐지만, 낭독 방법 등을 배운다면 그림책을 더 잘 읽을 수 있을 것이고, 그러면 틀림없이 좋은 엄마가 될 것이다.

토토는 아빠에게도 엄마에게도 비밀로 하고 당장 이력서를 보냈다.

며칠 뒤, NHK에서 서류가 도착했다. '합격했을까?' 기대하며 뜯어보니, 그 안에는 토토가 보낸 이력서가 그대로 들어 있었다. "이력서는 직접 방문하여 제출하라고 되어 있는데, 왜 우편으로 보냈습니까?"라는 내용의 편지도 함께 들어 있었다. 망했다! 그만둘까도 생각했지만, 이력서 마감은 이틀 뒤였다. 아직 시간이 있었다.

토토는 그날 당장 히비야 공회당 옆에 있는 NHK 방송국으로 이력서를 들고 갔다. 수험번호 '5655번' 표를 받았다.

'지원자가 이렇게나 많다니, 신문에는 '채용 인원 약간 명'이라고 나와 있었는데, '약간 명'은 도대체 몇 명을 말하는 걸까?'

그렇게 생각하며 집에 돌아온 토토는 아빠에게 약간 명이라는 뭔지 짐짓 시치미를 떼고 물어보았다. 아빠는 인원수는 정해져 있지 않지만, 좋은 사람이 있으면 뽑겠다는 의미로 쓰는 말이라고 설명해주었다.

채용시험이 시작됐다. 1차 시험으로 〈빨간 두루마리, 파란 두루마리, 노란 두루마리〉 빨리 말하기를 통과하고 2차 필기시험을 보게 됐다. 그런데 이때도 토토는 실수를 하고 말았다. 시험장소는 오차노미즈에 있는 메이지 대학이었는데, 토토는 NHK로 가버린 것이다.

'여기까지구나' 하고 포기하려던 토토는 신바시역까지 걸어가다가 문득 정기권 지갑 속에 천 엔짜리 한 장을 숨겨놓은 게 떠올랐다.

"이걸로 메이지대학까지 갈 수 있을까요?"

토토는 택시 운전사에게 천 엔짜리를 내밀었다.

"갈 수 있죠."

"부탁합니다!"

메이지대학에 도착하자 담당 아저씨가 "빨리, 빨리!"라며 손을 흔들었고, 토토는 5분 지각으로 계단형 교실 시험장에 겨우 미끄러져 들어갈 수 있었다.

— 위와 아래에서 연관된 항목을 선으로 연결하시오.

'카르멘-비제', '이사무 노구치-조각가'처럼 바로 알 수 있는 문제도 있었지만, '1952년 방송 부문 예술상 수상 작품은?' 같은 방송과 연극에 관한 문제는 어려웠다. 그런 문제가 전부 20문제 정도였다.

토토는 무심코 옆자리에 앉은 안경 낀 남자에게 물었다.

"좀 가르쳐주시지 않을래요?"

그러자 그 남자는 토토를 똑바로 바라보며 또렷한 목소리로 말했다.

"싫습니다."

'그야, 그렇겠죠, 네.'

두 번째는 사자성어의 뜻을 쓰는 문제였다. 이건 괜찮았다.

세 번째 문제는 '최근에 들은 NHK 라디오 프로그램 제목을 쓰시오'였다. 설날 단골 프로그램인 미야기 미치오 씨의 거문고와 아빠의 바이올린이 함께한 〈봄의 바다〉를 들은 기억이 떠올랐다. 토토는 답안지에 큼직하게 '미야기 미치오 씨의 거문고와 바이올린의 2중주에 의한 〈봄의 바다〉'라고 적었다. 아빠에게는 비밀로 시험을 치렀기에 아빠 이름은 쓰지 않고, "설날에 어울리는 멋진 곡이라고 생각했습니다"라는 말을 덧붙였다.

마지막 문제는 '당신의 장단점을 쓰시오'였다.

드디어 나를 제대로 알릴 수 있는 문제가 나왔다고 생각한 토토는 연필을 단단히 고쳐쥐었다. '장점'에는 주저 없이 '솔직함'이라고 썼다. 엄마가 항상 그렇게 말했다. 다음으로 '친절함'이라고 쓰고는 '친구들이 그렇다고 합니다'라고 덧붙였다.

그런데 지우개로 쓰고 지우다 보니 종이가 조금 찢어졌다. 시험을 빨리 마친 사람들은 답안지를 제출하고 계단형 교실을 나갔다. 토토가 답을 가르쳐달라고 했을 때 거절한 남자도 "그럼" 하고 일어나서 나갔다. 좋은 사람일지도 모르는데, 괜히 신경 쓰이게 한 것 같아 미안한 마음이 들었다.

'단점'에는 잘 읽어보면 실은 장점으로 이어지는 것을 써야겠다고 생각했다. 그러나 '대식가'라든가 '집 안 어지르기'밖에 생각나지 않았다. 마지막으로 이렇게 덧붙였다.

"저는 낙천적인 탓인지 이런저런 것을 금세 잊어버립니다. 엄마는 종종 제게 '참고로 말이야, 좀 전에 너 실수했다고 엉엉 울었잖니. 근데 지금 그렇게 깔깔 웃으며 과자를 바삭바삭 먹고 있잖아? 아까 울던 기억, 조금은 남아 있니?' 하고 묻습니다. 그럴 때 생각해보면, 저는 방금 전 일을 까맣게 잊고 있습니다. 반성이나 고민을 이내 잊어버리니 이것도 단점이라고 생각합니다."

시간이 됐다.

재촉을 받은 토토가 허겁지겁 일어났을 때, 큰 계단형 교실은 텅 비었고 사람이 거의 남아 있지 않았다.

어째선지 토토는 이 필기시험도 통과했다.

3차 시험을 치르기 전에 토토는 엄마에게 NHK 극단 배우가 되는 시험을 쳤다고 보고했다. 그림책을 잘 읽는 엄마가 되고 싶어 NHK 시험을 치렀는데, 아빠는 분명 반대할 테니 비밀로 해줬으면 좋겠다는 뜻을 전했다.

엄마는 토토의 마음을 잘 이해해주었다. 토토도 엄마에게 말하고 나니 고군분투에서 해방된 기분이 들어 마음이 한결 가벼웠다.

3차 시험인 팬터마임은 한 번도 해본 적이 없어서 앞 사람을 따라 했더니 시험관들이 폭소를 터뜨렸다. 4차 노래 시험에서는 시험관이 "이력서에는 성악과라고 적

혀 있는데, 틀림없나요?"라며 의심스럽다는 듯이 물었
다. 붙을 자신이 없었는데, 어찌어찌 간신히 통과해 최
종 면접시험을 치르게 됐다.

면접에서는 지원 동기를 묻기에 "좋은 어머니가 되고
싶습니다"라고 대답하자, 면접관들은 "무슨 소릴 하는
거야?"라며 웃었다.

이력서의 부친 이름 칸에는 '불명'이라고 써두었는데,
아빠에 관한 질문이 나왔다.

"구로야나기라면, 바이올린 연주자 구로야나기 씨와
관계가 있나요?"

"어……, 음."

거짓말을 할 수는 없었다.

"아버지입니다."

"아버지와 의논하고 왔어요?"

"아버지한테 의논하면 그런 흉측한 일은 하지 말라고
하실 게 뻔해서, 말하지 않고 시험을 보러 왔습니다. 아,
흉측하다는 건 아버지 생각입니다."

"아버지께서는 반대하신다는 거군요?"

"이런 세계에는 속이는 사람이 많으니 집어치우라고

말씀하실 겁니다."

　토토가 진지하게 대답할 때마다 면접관들은 배를 잡고 웃었다.

　이래서는 붙을 리 없다고 생각했는데, 면접시험 다음 날 토토가 집에 없을 때 NHK의 고위 관계자가 집까지 찾아와 엄마에게 토토의 합격 소식을 전했다. 그리고 "구로야나기 씨께서 허락하실까요?"라고 물어서 엄마는 원만하게 대답했다고 한다.

　믿기 어려웠지만, 이날의 기쁨은 죽을 때까지 잊지 않겠다고 다짐했다.

　아빠에게는 엄마가 잘 설명한 것 같았다. 아빠는 토토에게 "해봐도 괜찮겠네"라고 말했다.

토토、 배우가 되다

태
엽
감는

프
랑
스

인
형

NHK 전속인 도쿄방송 극단 제5기생 채용시험이 끝
난 것은 1953년 2월이었다. 2월 1일부터 NHK 텔레비
전 방송이 시작되면서 세간에는 온통 '텔레비전' 이야기
로 떠들썩했다. 토토네는 텔레비전 시대의 첫 기수로서
도 큰 기대를 받았다.

6천 명에 달하는 지원자 중에서 선발된 인원은 여
성 17명, 남성 11명으로 모두 28명이었다. 응모자 수는
200분의 1로 줄었지만, 이것이 최종 합격을 의미하지는
않았다. 3개월간의 제1차 양성 기간을 거쳐야만 최종 합
격자가 선발되기 때문에 아직 긴장을 풀 수 없었다. '약

간 명'이 정확히 몇 명인지는 아무도 알지 못했다.

28명은 불안한 마음을 안고 텔레비전과 라디오 배우로서 필요한 실기와 지식을 배우게 됐다. 다른 일이 있는 사람도 그대로 다닐 수 있게 평일 수업은 저녁 6시부터 밤 9시까지, 토요일은 휴일, 일요일은 오전 10시부터 오후 3시까지로 시간표가 짜였다.

시업식 날, 토토를 비롯한 28명은 NHK 길 맞은편에 있는 관광호텔에 모였다. 수업 장소는 다다미가 깔린 연회장 같은 방이었다. 28명 중에는 유명하진 않아도 영화배우나 연극배우로 활약하고 있는 사람이 많았다. 학교에서 연극을 공부한 이들도 있었다. 생판 신인은 토토뿐이었을지도 모른다. 긴장감이 높아지는 가운데 첫날 강의가 시작됐다.

슈트에 넥타이를 맨 사람 몇 명이 인사한 뒤, 총무 직원이 이렇게 말했다.

"이분은 낭독과 이야기 강의를 맡아주실 오오카 다쓰오 씨입니다. 평소에는 NHK 문예부에 근무하고 계십니다."

그는 슈트를 입은 사람들과 달리 자유로운 분위기를 풍기는 남성이었다. 숱이 적은 머리에는 털실 방울이 달린 모자를 쓰고, 동그란 호피 무늬 안경에 진갈색 카디건을 걸치고 있었다. 허리가 구부정해 금방이라도 앞으로 쓰러질 듯 걸었지만, 결코 넘어지지 않았다.

토토는 이 사람에게 갑자기 흥미가 생겼다. 연배가 있는 사람이었지만, 뭐라 표현할 수 없는 부드러운 태도와 자기 자신에게 무심한 듯한 느낌이 약간 도모에학교의 고바야시 선생님을 떠올리게 했다.

"여러분의 담임선생님이라 할까요, 여러분을 돌봐주실 분입니다."

총무 직원에게 소개받은 오오카 선생님은 손등으로 입가를 가리며 아이처럼 수줍게 미소를 띠고 이렇게 말했다.

"담임선생님이라니, 그런 거 아닙니다. 심부름꾼 정도로 생각해주시면 됩니다. 그건 그렇고 여러분, 여기까지 남았다니 정말 대단하십니다."

입가를 가린 손등이 통통했다. 정중한 말투에 박식해 보이면서도 겸손하고, 뭔가 신비로운 분위기가 있었다.

오오카 선생님이 다카하마 교시(일본의 대표적인 하이쿠 시인—옮긴이)의 문하생이자 사생문寫生文의 달인이라는 사실을 토토가 알게 된 것은 그 뒤로 40년도 더 지나서였다.

매일 관광호텔로 다니기 시작했다.

교실인 큰 연회장에 도착하면 방석과 탁자를 직접 정리하고 선생님을 기다렸다. 코란여학교 시절에도 사찰 교실에서 신발을 벗고 방석에 앉아 수업을 받아서 서당식 방식은 왠지 친근하게 느껴졌다. 토토는 언제나 맨 앞에 앉았다. 뒤에 앉으면 옆 사람과 수다를 떨 것 같았다. 이 점도 코란여학교 시절과 다르지 않았다.

오오카 선생님 외에 발성 기초는 NHK 연극과장 출신인 나카가와 다다히코 선생님이, 동작과 기초 연기는 훗날 텔레비전 미술부장이 된 사쿠마 시게타카 선생님이 담당했다. 음성학은 도쿄대학과 도쿄예술대학에서 강의한 샷타 고토지 선생님이, 예능 강의는 나중에 NHK 회장이 된 사카모토 도모카즈 선생님이 맡았다. 탭댄스는 니혼극장의 스타였던 오기노 유키히사 선생님이 지도했는데, 탭댄스 수업은 관광호텔에 있는 넓은 홀에서 받았다.

그때 토토는 이게 얼마나 화려한 강사진인지 알지 못했다. 그런데 첫 주가 지나고 맞이한 일요일, 신바시역까지 가는 길에 동료 한 명이 진지하게 중얼거렸다.

"이 선생님들한테 개인지도를 받는다면 수업료가 얼마나 될지 상상조차 못하겠네."

연기나 방송에 전문 지식이 풍부한 양성 과정 동료들이 "대단해" "굉장해" 하고 흥분해서 이야기하는 것을 듣고 토토는 "그렇구나! NHK는 진심이구나" 하고 감탄했다.

양성 교육이 시작되고 한 달쯤 지났을 무렵이었다.

"토토님!"

낭독 수업이 끝나자, 오오카 선생님이 토토를 불러 세웠다. 언제부터인지 오오카 선생님은 토토를 '토토님'이라고 불렀다.

"토토님의 목소리와 억양은 마치 태엽 감는 프랑스 인형이 말하는 것 같습니다."

어, 태엽 감는 프랑스 인형? 토토는 무슨 뜻인지 몰라 오오카 선생님의 얼굴을 가만히 바라보았다. 그러자 선생님은 싱글벙글 웃으며 말을 이었다.

"토토님은 그늘 하나 없이 밝고, 마치 태엽이 힘차게 풀리듯 단숨에 재잘재잘 이야기하잖아요. 그런 의미로 말한 건데, 이해하기 어려웠나요? 허허허."

'프랑스 인형'이라는 표현은 칭찬일지도 모른다고 생각했지만, '태엽 감는'이라는 말은 미묘했다. 오오카 선생님은 도인 같은 면이 있어서, 무슨 이야기를 꺼내고는 토토가 멍하니 있으면 마치 마술처럼 휙 사라져버리곤 했다. 알쏭달쏭한 말을 남기고 눈앞에서 사라지는 것이다.

오오카 선생님이 '님'을 붙여 부르는 학생은 토토뿐이었고, 쉬는 시간에 토토가 다른 학생들 앞에서 얼마 전에 들은 만담 같은 것을 선보이면 멀리서 그 모습을 보고 웃고 계셨다. 그럴 때마다 토토는 오오카 선생님이 자신을 마음에 들어 하는 것 같다고 느꼈다.

이
상
한

목
소
리

"오늘은 여러분에게 본인 목소리를 듣게 해주겠습니다."

3개월 양성 기간이 막바지에 다다른 어느 날, 오오카 선생님이 싱글벙글 웃으며 말했다.

전원의 목소리를 한 사람씩 녹음기에 녹음해서 들려주는 것이다. 물론 그것은 28명에게 난생처음인 경험이었다.

텔레비전 방송이 시작됐을 때 NHK와 수신 계약을 맺은 수는 866건으로, 텔레비전 한 대를 5인 가족이 본다고 가정하면 일본 전국에서 텔레비전을 시청하는 사람은 4, 5천 명이라는 말. 지금은 믿을 수 없는 수치지만, 그런 시대에 녹음기는 방송국 중에서도 NHK와 다른 몇 군데 방송국에만 있는 아주 귀한 기계였다.

"내 목소리를 듣다니!"

토토와 동기생들은 관광호텔 연회장에서 뛰쳐나와 도로를 가로질러 NHK의 제5 스튜디오로 향했다. 이 스튜디오에 온 것은 채용시험 때 이후 처음이었다. 그때는 노래 부르는 시험을 봤지만, 이번에는 대사를 읊는다.

여성들이 오오카 선생님에게서 받은 대본은 영감의 태도에 화가 난 첩이 영감에게 따져 묻는 장면의 대사로, 단숨에 쏟아내는 듯한 내용이었다.

모두 차례대로 녹음했다. 이 무렵 토토는 항상 마지막 차례였다. 토토 차례가 되면 어김없이 어수선해지기 때문이었다. 그 점을 간파한 오오카 선생님은, 전원이 무슨 과제를 할 때는 모범이 될 만한 사람부터 시켰다.

모두 녹음을 마치고, 차례대로 녹음을 재생하면서 들었다. 사람들은 녹음을 들으며 깔깔깔 웃음을 터뜨렸다. 드디어 토토 차례가 됐다.

"구로야나기 테츠코."

처음에 자기 이름이 들렸다. 콧소리가 섞여 달콤하면서도 퉁명스러운, 이상한 느낌이었다. 도저히 자기 목소리라고는 믿을 수 없었다. 토토는 큰 소리로 말했다.

"저기요! 이거, 기계가 고장났어요. 고쳐주세요."

그러자 유리창 너머에서 엔지니어가 단호히 말했다.

"기계는 고장 나지 않았습니다. 이건 당신 목소리가 맞습니다."

토토는 혼란스러웠다.

"내 목소리는 이렇게 이상하지 않아요. 분명히 NHK의 기계가 고장 났어요."

몇 번이나 호소했지만 엔지니어는 "이게 당신 목소리입니다"라고만 말했다.

이런 목소리로는 방송에 나갈 수 없다! 이런 목소리를 두고 오오카 선생님이 '태엽 감는 프랑스 인형 같다'고 하신 건가 생각하니 슬퍼졌다. 결국 토토는 동료들과 오오카 선생님 그리고 엔지니어가 보는 앞에서 엉엉 울고 말았다.

그러자 엔지니어는 이전보다 조금 부드러워진 목소리

로 말했다.

"자기 귀로 듣는 목소리와 실제 목소리는 다르게 들려요. 입과 머릿속에서 울리는 소리가 자기 귀에 들리기 때문이죠."

엔지니어는 친절하게도 처음부터 다시 목소리를 재생해주었다. 그것을 듣고 토토는 더 울어버렸다.

"이런 목소리 아니에요. 이렇게 이상한 목소리 아니에요."

토토는 그날 하루를 종일 울며 보냈다. 자기 목소리에 놀라 울었다기보다 혹시나 합격자 약간 명에서 제외되어 동료들과 헤어져야 할지도 모른다는 생각에 더 눈물이 멎지 않았다.

양성 동료 28명은 순식간에 친해져서 '병아리 모임'을 결성했다. 며칠 뒤에 모든 수업이 끝나고 채용될 약간 명이 결정되는 단계에서 만약 한 명이라도 NHK가 떨어뜨린다면, 합격한 사람들이 똘똘 뭉쳐 '전원을 채용해주지 않으면 합격을 거부합니다' 시위를 하기로 도모하기도 했다. 3개월에 걸친 제1차 양성 기간 마지막 날에는

"꼭이야" "꼭이야" 하고 저마다 맹세하며 신바시역 앞에서 헤어졌다.

며칠 뒤, '합격'을 알리는 속달 엽서가 집에 도착했다! NHK에서 석 달 동안 참 많은 경험을 했구나 생각하면서 그날을 보냈다. 물론 기뻤지만, 그림책을 잘 읽어주는 엄마가 되고 싶었던 토토가 텔레비전이라는 새로운 세계에 발을 들이다니 믿기 힘든 일이었다.

그리고 사흘 뒤, 17명의 합격자가 관광호텔에 모였다. 다시 만나 정말 다행이라며 기쁨을 나눈 것도 잠시, 1년간의 제2차 양성 기간이 시작됐다.

합격 통지가 엽서로 전해진 탓에 시위 계획은 흐지부지됐다. 토토는 그 후 몇 년이 지나도록 그때 약속을 지키지 못해 미안한 마음이 남아 있었지만, 합격하지 못한 몇몇 사람들과는 그 뒤로 한 번도 만나지 못했다.

"토토님!"

복도를 걷고 있는데 뒤에서 귀에 익은 목소리가 들렸다. 오오카 선생님이다. 토토가 돌아보자, 여느 때처럼 다가온 오오카 선생님이 손으로 입가를 가리면서 이렇게 물었다.

"당신이 왜 뽑혔는지 알아요?"

너무 갑작스러운 질문이라 토토가 깜짝 놀라며 "그런 거 모르는데요"라고 대답하자, 오오카 선생님은 "하, 하, 하" 하고 유쾌하게 웃고는 이렇게 말했다.

"내가 감탄한 것은 양성 기간 동안 토토님만 지각과 결석을 하지 않았다는 점입니다. 나는 1기생과 4기생을 맡아왔지만, 지각과 결석이 없는 사람은 토토님이 처음입니다. 열심히 하는 그 태도가 정말 훌륭합니다. 다만 시험 점수는 아주 나빴어요. 그래도 시험관 선생님들이 '연기에 관해 이렇게 백지 같은 사람이니, 텔레비전이라는 완전히 새로운 분야의 일을 순수하게 편견 없이 흡수할 수 있지 않을까'라고 말씀하셨습니다. 요컨대, 습자지처럼 때 묻지 않은 사람을 한 명쯤 채용해서 텔레비전과 함께 시작해보자는 취지였죠. 즉 당신은 무색투명! 그 점이 좋았습니다."

토토가 '어, 무색투명이 무슨 뜻이지?' 생각하는 사이, 오오카 선생님은 또 마술처럼 토토 앞에서 사라졌다.

역시 성적은 좋지 않았다. 재능이 있거나 얼굴이 예뻐

서 합격한 건 아닐 거라고 생각했지만, 그래도 조금은
연기와 관련 있을 줄 알았는데…….

'무색투명이구나.'

토토는 멍하니 입을 벌리고 오오카 선생님의 행방을
찾았다.

"토
토
님,
어
디
로
?
"

제2차 양성 기간에도 맨 앞자리가 토토의 지정석이었다.

선생님들의 진용이 더욱 탄탄해져서 배우이자 연출가

인 아오야마 스기사쿠 선생님, 예술론의 이케다 야사부

로 선생님, 일본 무용가인 니시자키 미도리 선생님이 새

롭게 합류했다.

아오야마 선생님이 출연한 영화도 보았고, 배우좌

(1944년에 만든 대표적인 극단—옮긴이)의 창립자라는 것도

알고 있었다. 그 아오야마 선생님이 토토에게 "좌장"이

라고 부른 적이 있다. 토토에게 어울려서라고 했는데,

토토는 스와노타이라에서 만난 좌장님 말이 생각나서

움찔 놀랐다. 그렇게 토토가 좌장 체질인 걸까?

아오야마 선생님은 수업 중에 메트로놈을 사용할 때가 있었다. 대사와 대사 사이의 간격을 맞추기 위해서였지만, 메트로놈을 보면 토토는 조건반사처럼 아버지의 바이올린 레슨이 떠올랐다. 음악에 사용하는 것은 이해하지만, 대사는 기계에 의존하지 말고 좀 더 마음을 담아 지도하면 좋을 것 같다는 생각이 들기도 했다.

토토는 NHK 수업이 끝나면 탭댄스를 지도하는 오기노 선생님에게 주 3회 개인지도를 받았다. 선생님의 스텝 리듬을 "찰칵 딴딴 찰칵찰칵 찰칵 딴" 하고 입으로 따라 하며 외우는 것이 토토식 탭댄스 속성법이었다.

토토는 '컬러텔레비전 실험 방송용 모델'이 된 적도 있었다. 부랴부랴 세타가야의 기누타에 있는 NHK 연구소로 갔더니 얼굴 오른쪽 반은 보라색으로, 왼쪽 반은 흰색으로 칠해주었다.

그대로 카메라 앞에 앉아달라는 요청에 토토가 "핑크로 칠해주면 안 될까요?"라고 부탁해봤지만, 엔지니어는 "오늘은 보라색 날입니다"라며 거절했다. 컬러텔레비전의 모델이라고 해서 허겁지겁 나갔는데, 결과적으로 토토는 얼굴이 얼룩말이 되어 온종일 카메라 앞에 앉아 있어야 했다.

1954년 4월, 드디어 토토와 동료들은 NHK 전속 도쿄방송 극단 제5기생으로 정식 채용됐다. 엄마가 될 예정이었던 토토는 그날 배우로서의 첫발을 내디뎠다.

NHK 극단 신인에게 처음 주어진 일은 '웅성웅성'이라는 역할이었다. 이는 쉽게 말해 '그 외 다수의 목소리'를 뜻한다. NHK 극단원이 된 5기생들은 처음으로 본방송에서 웅성웅성 역할을 맡게 되어, 다 함께 라디오 스튜디오에 들어갔다.

그곳은 당시 한창 인기를 끈 라디오 드라마 〈너의 이름은〉의 녹음 현장이었다. 그 시대를 휩쓸었던 이 드라마는 매주 목요일 밤 8시 30분에 생방송으로 진행됐다. 도쿄 대공습이 있던 날 밤 긴자 거리에서 서로 모르는 마치코와 하루키가 만나는 장면부터 시작되는 멜로드라마로, 그 시간에는 이 방송을 들으려는 사람들 때문에 대중목욕탕의 여탕이 텅 비었다는 것은 유명한 이야기다. 그런데 주제가를 부른 사람이 동양음악학교 시절에 성악을 가르쳐주신 다카야나기 후타바 선생님이라는 사실을 알았을 때는 토토도 깜짝 놀랐다.

대본은 1인당 한 권씩 건네받았지만, '웅성웅성'의 대사는 쓰여 있지 않았다. 그 장면에 걸맞은 대사를 직접 만들어서 말해야 했다.

주인공 마치코와 하루키가 길에서 대화를 나누는 도중, 가까이에서 한 남자가 쓰러진다. 라디오 방송이니 '털썩!' 하는 효과음이 들어가고, 마이크 옆에 있던 마치코와 하루키가 "어?" 또는 "무슨 일이지?"라고 말한다. 그와 동시에 '웅성웅성' 역할을 맡은 사람들은 목소리를 낮춰 "무슨 일입니까?" "죽었나요?" "구급차를 불러야 하지 않을까요?" 같은 대사를 하면서 진짜로 사람이 쓰러진 것 같은 분위기를 연출해야 했다.

처음 해보는 '웅성웅성'이라 마치코 역과 하루키 역의 성우도 토토 동기들과 함께 특별 연습을 하게 됐다. 창 너머에서 연출가가 큐 신호를 주자, 토토를 비롯한 5기생은 80센티미터쯤 떨어진 자리에서 주인공 두 사람을 둘러싸고 각자 대사를 했다.

그러자 창 너머에 있는 연출가의 목소리가 스피커를

통해 들려왔다.

"누구지? 한 사람 목소리가 튀는데. 작은 소리로 한 번 더 해봐."

다시 작은 소리로 연기하자, 바로 스피커에서 소리가 들렸다.

"거기 패러슈트 스커트 아가씨."

어쩐지 토토를 지목하는 것 같았다.

"자네, 혼자만 튀어."

토토는 만약 자기가 길을 가다 쓰러진 사람을 본다면 어떻게 말을 걸지 상상하며 대사 톤을 정했다. 사람이 죽었을지도 모르는 상황에서 낮은 소리로 "무슨 일이세요?" 하고 묻고 싶진 않았다. 큰 소리로 "무슨 일이세요!" 하고 외치는 게 더 자연스럽다고 생각해 그렇게 연기했다.

"자네는 말이야, 다른 사람들한테서 좀…… 그래, 3미터 정도 떨어져."

좀 전까지 80센티미터였는데 다시 3미터, 모두에게서 멀어졌다.

할 수 없이 그때까지보다 더 큰 소리로 "무슨 일이세

요!" 하고 외쳤다. 유리창 쪽으로 시선을 돌리니 음량을
조정하는 엔지니어가 깜짝 놀라서 귀를 막고 펄쩍 뛰어
오르는 것처럼 보였다.

"아가씨! 그대로 뒤로 물러나서 문 쪽에서 해봐."

스튜디오 문을 가리켜, 토토는 터덜터덜 그쪽으로 향
했다. 동기생들과는 이미 10미터 넘게 떨어진 거리였다.
토토는 "무슨 일이세요오옷!" 하고 있는 힘껏 소리를 질
렀다.

그러자 연출가가 유리창으로 다가와서 토토를 향해
말했다.

"웅성웅성 역할에서 큰 소리를 내면 말이야, 라디오로
듣는 사람이 '이 사람은 특별한 역할인가? 나중에 또 나
오나?' 하고 생각하게 된다고. 강한 인상을 주지 말고 웅
성웅성, 즉 그 외 다수에 충실해야 해……. 아가씨, 오늘
은 그만 돌아가도 돼. 전표는 붙여둘 테니까."

전표란 극단원이 일하면 연출가가 몇 시부터 몇 시까
지 어느 스튜디오에서 어떤 프로그램에 출연했는지를
기록해 극단 방에 붙여두는 종이다. 극단원이 서명해서
총무에게 제출하면, 총무가 시간당 금액을 계산해 월급

으로 지급한다. 일을 하지 않으면 수입이 없으니까, 연출가는 이 점을 배려해 "전표는 붙여둘 테니까"라고 친절히 말해준 것이다. 참고로, 당시 토토의 출연료는 시간당 59엔. NHK에서 교육을 받기 때문에 월급이 매우 낮았다.

그러나 토토는 수입보다 혼자만 돌아가는 게 슬펐다.

토토는 스튜디오 밖 벤치에서 모두 끝나기를 기다렸다. 적어도 신바시역까지는 동기생들과 함께 돌아가고 싶었다. 단팥죽을 먹기로 약속도 했고.

그 뒤로 어떤 프로그램 어떤 연출가의 스튜디오에 가든 '웅성웅성'을 연기할 단계가 되면 토토는 어김없이 이런 말을 들었다.

"아가씨, 가도 돼. 전표는 붙여둘 테니까."

더 심할 때는,

"어, 또 왔네. 가도 돼. 전표는 붙여둘 테니까."

그날도 토토는 텔레비전 스튜디오 바깥 벤치에서 책을 읽으며 동료들이 끝나기를 기다리고 있었다. 그러자 늘 그렇듯 오오카 선생님이 불쑥 나타났다.

선생님은 토토가 앉아 있는 벤치에 비스듬히 엉덩이를 걸치고, 여느 때와 똑같이 손등으로 입을 가리며

"토토님, 오늘은 어떤 일?"

하고 물었다.

"가사기 시즈코 씨 텔레비전에서 '웅성웅성' 역할이었는데, 전표는 붙여둘 테니 가라고 하셨어요."

텔레비전의 '웅성웅성'은 지나가는 사람 역이다. 가사기 시즈코 씨가 상점가 세트 안에서 패러슈트 스커트 차림으로 "오늘은 아침부터" 하면서 〈쇼핑 부기〉를 부르고 있을 때, 토토는 그 뒤를 지나갔다. "내가 정말 어이가 없어서" 하고 노래 부르는 가사기 씨를 보지 않으면서 가볍게 쓱 지나가야 한다. 그런데 토토는 '길 한복판에서 노래하는 사람이 있다니 재미있는걸' 하고 말똥말똥 쳐다보며 걸었다. 그러자 스튜디오 위쪽에서 소리가 들렸다.

"말똥말똥 쳐다보지 마!"

토토는 '생선가게 앞에서 노래 부르는 사람이 있으면 보게 되지 않을까요' 하고 반론하고 싶었다.

"쓱 지나가, 쓱."

토토의 옷이라든가 여러 가지가 튀는 것이 마음에 들

지 않는 듯하다. 토토는 시키는 대로 빠른 걸음으로 쓱 지나갔다. 그런데 또 위에서 소리가 울렸다.

"텔레비전 화면은 좁기 때문에 너무 빠르면 시커먼 그림자가 지나가는 것처럼 보인다고!"

"네."

토토는 팬터마임을 하는 마르셀 마르소(20세기 최고의 프랑스 마임 배우―옮긴이)처럼 느린 동작으로 걸어보았다.

"닌자가 아냐!"

"네."

"오늘은 가도 돼. 전표 붙여둘 테니까."

토토가 스튜디오에서 일어난 자초지종을 설명하자 오오카 선생님은 더는 묻지 않고, 그렇다고 해서 격려하지도 않고 "후, 후, 후" 하고 웃었다.

"지금 토토님은 무슨 책을 읽는 중?"

그렇게 말하면서 토토가 읽는 책의 표지를 보더니, 눈 깜짝할 사이에 모습을 감추었다.

토토는 양성 시절부터 "그만 됐어" "그 개성 좀 집어넣어!"라는 말을 수없이 들어야 했다. 그래서 혼자 동기들을 기다리는 일이 잦았다.

그럴 때마다 위로해준 사람은 언제나 오오카 선생님
이었다. 어디서 마주치든, 하루에 몇 번을 마주치든, 반
드시 다가와 말을 걸어주었다.

"토토님, 어디로?"

그 장소가 복도건, 엘리베이터 안이건, 화장실 앞이
건, 오오카 선생님의 질문은 언제나 똑같았다. 정식으로
NHK 극단원이 된 후에도 어딘가에서 나타나서는 "토
토님, 어디로?" 하고 물어주었다. 오오카 선생님을 보기
만 해도 '나를 지켜보고 신경 써주는 사람이 있구나' 하
는 생각에 든든하게 느껴졌다. 오오카 선생님은 토토에
게 마치 부적 같은 존재였다.

그런 오오카 선생님 덕분에 토토는 아무리 야단을 맞
고 실수를 해도 더는 못하겠다며 자신의 한계를 비관하
지 않았다. '신인일 뿐이고, 애초 그림책을 잘 읽어주는
엄마가 되고 싶었을 뿐이니까' 하며 상황을 받아들였다.
어쩌면 태평스러웠는지도 모른다. 아무리 그래도 '웅성
웅성' 역할만은 여전히 너무 싫었다.

눈물의 대본 리딩실

그날의 슬픔과 분한 마음을 토토는 평생 잊을 수 없을 것 같았다.

라디오의 '웅성웅성' 역할을 마치고 제1 스튜디오에서 나오는데, 극단 1기생 남성 선배가 토토를 불러 세웠다. 방금까지 같은 스튜디오에서 라디오 드라마 주인공 역할을 맡았던 사람이었다.

"잠깐 할 이야기가 있어. 대본 리딩실이 비어 있으니 거기서 이야기하지."

선배는 제1 스튜디오 앞의 대본 리딩실 문을 열고 저벅저벅 안으로 들어갔다. 불길한 느낌이 들었지만, 할

이야기가 있다고 하니 따라갈 수밖에 없었다.

방은 텅 비었고 어두컴컴했다. 의자에 앉아 이야기할
줄 알았는데, 선배는 벌겋게 상기된 얼굴로 서서 안경
너머 눈을 번뜩이며 말했다.

"네 대사, 그게 일본어냐?"

토토는 무서워하는 기색을 들키지 않으려 공손히 물
었다.

"제 일본어가 어떻게 이상한가요?"

"어떻게고 뭐고 이상하단 말이야. 전부 다!"

토토는 반박할 말을 찾을 수 없었다.

자신의 말투가 NHK 극단 사람들과 다르다는 것은 알
고 있었다. 하지만 그것은 일본어 자체가 아니라 말하는
속도나 '웅성웅성'을 할 때의 볼륨 차이라고 생각했다.

연출가에게 "너무 빨라!" 또는 "너무 커!"라고 야단
맞은 적은 많았다. 라디오에서는 이야기를 천천히 해야
한다는 것을 모두 알고 있었지만, 토토는 그 속도를 잘
맞추지 못해 언제나 남들보다 말이 빨랐다. 목소리 크기
도 조절되지 않았다. 소곤소곤하거나 와자지껄하게 하
라는 지시가 있어도 '나라면 이렇게 말할 텐데' 하는 생

각에 조절되지 않는 것이다.

그런데 지금 눈앞의 선배는 토토의 일본어 전부가 이상하다고 말하고 있다.

"너, 나카무라 메이코 흉내라도 내는 거냐?"

고개를 숙이고 있는 토토를 향해 선배는 다그쳤다. 나카무라 메이코 씨는 전쟁 전부터 아역으로 활약한 배우여서 방송에 어두운 토토도 알고 있었다. 하지만 당시에는 메이코 씨의 목소리를 들은 적이 없었고, 텔레비전에 그와 함께 출연하게 된 것도 나중의 일이어서 메이코 씨가 어떻게 말하는지 전혀 몰랐다. 설령 들었다 하더라도 다른 사람을 흉내 내는 게 얼마나 부끄러운 일인지 알고 있었다.

토토는 선배를 향해 큰 소리로 말했다.

"흉내 따위 내지 않습니다!"

거드름 피우던 선배가 한순간 겁먹은 듯 보였다.

"내일까지 전부 고쳐와."

선배는 그렇게 내뱉더니 거칠게 문을 열고 저벅저벅 큰 소리를 내며 대본 리딩실을 떠났다.

그때까지 여러 선배에게 여러 이야기를 들어왔지만,

'누구 흉내를 낸다'라는 말은 토토에게 견딜 수 없는 굴욕이었다. 만약 누구 흉내를 냈다면, 도모에학교의 고바야시 선생님이 "너는 사실은 참 착한 아이야"라고 해주신 것도, 엄마가 "너는 순수한 게 장점이야"라고 말해준 것도 모두 부정당하는 셈이었다. 토토가 NHK 극단원이 되고 나서 울었던 건, 그전에도 그 후에도 이때가 유일했다.

대본 리딩실의 콘크리트 벽을 주먹으로 치며 토토는 혼자 울었다. 주먹이 찌릿찌릿 아파오자 이번에는 벽 아래쪽을 발로 쾅쾅 찼다. 마음속에서 슬픔과 분노, 온갖 감정이 뒤섞여 터질 듯 넘쳐났다. 무언가에 부딪치지 않고는 도저히 감정을 추스를 수 없었다.

얼마나 시간이 흘렀을까. 어느새 해가 졌는지 대본 리딩실이 캄캄해졌다. 방의 공기도 차가워졌다. 동기생들은 벌써 다 돌아갔을 테니, 울어서 퉁퉁 부은 얼굴을 누가 볼 일은 없었다.

"흉내 따위 내지 않아요!"

한 번 더 소리 내어 말했지만, 토토의 눈물은 멈추지

않았다.

그날 선배의 말에 마음이 산산이 부서진 토토는, NHK
에서 어린이를 대상으로 하는 라디오 드라마의 대형 새
프로그램을 준비하고 있다는 사실을 아직 몰랐다.

〈얀보, 닌보, 톤보〉

'오디션이 있다니, 대체 뭘까?'

토토와 동기들이 라디오 제2 스튜디오로 달려갔더니, 그곳에는 동기생뿐만 아니라 문학좌(1937년에 창립된 일본의 대표적인 극단—옮긴이) 등 토토도 이름을 아는 극단 배우들, 개인으로 활동하는 사람 등 실력 있는 사람들이 한자리에 모여 있었다.

'어찌 된 일이지, 이게?'

그것은 〈얀보, 닌보, 톤보〉라는 제목의 라디오 드라마 목소리 출연자를 뽑는 자리였다. NHK 관계자의 설명에 따르면, 어른과 아이가 다 함께 즐길 수 있는 새로운 프로그램을 제작하면서 처음으로 대규모 오디션을 열었다고 한다. '오디션'이라는 용어가 지금은 익숙하지만, 이때만 해도 누구에게나 생소한 말이었다.

'어른도 아이도 다 함께 즐길 수 있다니……!'

토토는 이 말에 완전히 마음을 빼앗겼다. 그림책을 잘 읽어주는 엄마가 되고 싶었던 토토에게 딱 맞는 프로그램이라는 생각이 들었다.

'이 오디션은 나를 위한 것일지도 몰라!' 토토는 그렇게 생각했다.

〈얀보, 닌보, 톤보〉(우리나라에서는 '꾀돌이 삼총사'로 나왔다—옮긴이)는 하얀 원숭이 삼 형제의 이야기다.

인도 왕이 배에 태워 중국 왕에게 선물로 보낸 하얀 원숭이 삼 형제가 중국을 탈출해, 고향 인도에서 기다리는 부모님에게로 돌아가는 내용의 모험 이야기다. 노래도 많이 들어가고, 즐겁고 꿈이 있는 드라마였다. 그때까지 라디오 드라마는 전쟁 상황이나 전쟁으로 가족을 잃은 아이들을 다룬 것이 많았는데, 이때 NHK는 밝고 긍정적인 프로그램을 만들기로 한 것 같다.

지금이야 어른 여성 배우가 어린이 목소리를 연기하는 것이 당연하지만, 당시 라디오 드라마에서 어린이 목소리는 진짜 어린이가 연기했다. NHK에는 도쿄방송 아동극단이 있을 정도였다. 그런데 〈얀보, 닌보, 톤보〉 각본을 쓴 극작가 선생님은 어린이가 스튜디오에 늦게까지 있으면서 녹음하는 짬짬이 숙제하는 모습을 안쓰럽게 여긴 것 같다. 노래를 부르는 장면도 있어서, 악보를 받아 바로 부르는 것은 어린이에게 무리라는 이유도 있었다. 그래서 어린이 목소리를 내는 어른을 발굴하기로 하고 NHK가 생긴 이래 최대 오디션이 열린 것이다.

　회장에서는 2페이지 분량의 대사를 주고받는 대본과 노래 악보를 나눠주었다. 얼굴이 보이면 공정한 심사를 하지 못한다는 이유로, 오디션을 받는 그룹과 심사위원석 사이에는 칸막이가 놓였다. 경험자가 많아서 오디션 진행은 순탄했지만, 그래도 "어떡하지. 난 악보를 읽지 못하는데" 하고 혼란스러워하는 사람이 몇 명 있어서 토토는 그런 사람들에게 악보 보는 법을 살짝 가르쳐주었다. 음악학교 경험이 이런 곳에서 도움이 될 줄은 몰랐다.

"톤보를 해보세요."

토토 차례가 되자 그렇게 요청했다. 톤보는 막내 원숭이여서 되도록 어린 남자아이 같은 목소리를 내보았다.

다른 사람들은 얀보를 하기도 하고 닌보를 하기도 하며 도중에 역할이 바뀌기도 했지만, 토토는 다른 사람과 함께 대본을 읽을 때도 계속 톤보를 해보라는 요청을 받았다.

오디션은 몇십 명에 이르는 응모자들 사이에서 짝을 바꿔가며 진행됐다. 드디어 오디션이 끝나고, 이제 그 자리에서 결과를 기다리는 일만 남았다. 모두 불안한 표정으로 넓은 스튜디오에서 기다리고 있는데, 10분쯤 지나 담당자가 종이를 들고 들어왔다.

얀보부터 차례대로 이름이 불렸다.

"얀보, 문학좌의 미야우치 준코 씨."

"닌보, 문학좌의 니시나카마 사치코 씨."

"톤보, NHK 극단의 구로야나기 테츠코 씨."

앗, 붙었다고?

토토는 반사적으로 일어났다. '웅성웅성'도 못하고 대사가 일본어로 들리지도 않는 토토가 정말로 붙었다고?

5기생이 우르르 달려와 "축하해" "잘됐어" 하고 말해주었지만 토토는 실감이 나지 않았다.

뽑힌 세 사람은 이쪽으로 오라기에 갔더니, 극작가 선생님과 작곡가 선생님을 소개해주었다. 토토는 점점 더 몸둘 바를 몰랐다.

'뽑은 걸 후회하지 않으셔야 할 텐데…….'

'언제나 그랬듯이 결국 또 잘리면 어떡하지…….'

토토의 마음속은 기쁨보다는 불안과 당혹스러움으로 가득했다.

"이분이 극작가 이자와 다다스 선생님이십니다."

슈트에 넥타이를 매고 올백으로 넘긴 머리에 안경을 쓴 인텔리풍 남성을 소개받았을 때, 토토는 고개 숙여 인사한 뒤 다급하게 말했다.

"저, 일본어가 이상하니까 고치겠습니다. 노래도 못하니 연습하겠습니다. 개성도 죽이겠습니다. 말투도 제대로 하겠습니다……."

그러자 이자와 선생님은 안경 너머로 눈을 가늘게 뜨고 웃으며 말했다.

"고치면 안 됩니다. 당신의 그 말투가 좋아요. 전혀 이상하지 않습니다. 알겠어요? 고치면 안 돼요. 그대로 있어주세요. 그게 당신의 개성이고, 그게 우리한테 필요한 거니까요. 괜찮아요! 걱정하지 마세요."

'네? 괜찮다고요?'

'정말 이대로 괜찮은 건가요?'

그 말을 들었을 때, 지금껏 마음속을 흐릿하게 덮고 있던 구름이 걷히고 하늘이 환하게 개는 느낌이 들었다. 계속해서 역할을 잘리고 "그만 가도 돼"라는 말만 들어온 토토가 처음으로 자신의 개성을 필요로 하는 사람을 만났다.

그것은 극단 선배에게 일본어가 이상하다고 꾸중을 들은 직후 벌어진 일이다. 만약 그때 이자와 선생님을 만나지 못했다면, 토토는 NHK에 남지 못했을지도 모른다.

오오카 선생님도 물론 오디션장에 있다가 이렇게 귀띔을 해주었다.

"토토님 목소리를 듣는 순간, 작곡가 핫토리 다다시 선생님이 '톤보 역은 이 사람이네. 이미지에 딱이야'라고 하셔서, 톤보 역은 사실상 토토님으로 확정된 분위기였습니다. 이자와 선생님도 '지금껏 없었던 개성적인 목소리야. 일본 방송계나 극단에서 매우 신선한 스타일이네' 하고 극찬하셨죠."

그리고 이자와 선생님이 원자폭탄의 피해 참상을 세계 최초로 알린 저널리스트라는 사실도 알려주었다. 아사히신문사에서 펴낸 《아사히 클럽》의 편집장이었던 이자와 선생님은, 원폭 투하 직후 히로시마에서 촬영한 사진을 갖고 있다가 GHQ(제2차 세계대전이 끝난 뒤 일본을 점령했던 연합군의 최고 사령관에 딸린 총사령부—옮긴이) 점령이 끝난 해인 1952년 8월 6일에 발표했다. 전 세계가 처음으로 히로시마를, 원자폭탄의 공포를, 《아사히 클럽》을 통해 보게 된 것이다. 그 호는 증쇄에 증쇄를 거듭하며 큰 반향을 일으켰다고 한다. 이자와 선생님은 〈얀보, 닌보, 톤보〉오디션이 있었던 이해에 저널리스트와 극작가라는 두 가지 일을 하나로 합치기 위해 아사히신문사를 막 그만둔 참이었다.

"아주 멋쟁이인데다 부드러워 보이지만, 자기 신념을 확실히 관철하는 강단 있는 분이랍니다."

오오카 선생님은 그렇게 말한 뒤,

"토토님의 데뷔작이 이자와 선생님의 작품이어서 정

말로 잘됐습니다"

하고 덧붙였다.

정말로 그렇다고 생각했다. 자신감을 잃어가던 토토
에게 "그대로 있어주세요" "괜찮아요!" 하고 강력하게
말해준 이자와 선생님과 함께 일하게 된 것은 행운이다.

그 말은 도모에학교의 고바야시 선생님이 "너는 사실
은 착한 아이야"라고 한 말과 함께 그 후로 줄곧 토토의
인생을 지탱해주었다.

일
과

결
혼

〈얀보, 닌보, 톤보〉는 전국 어린이들의 압도적인 인기
를 얻었다. 어른 대상 라디오 드라마의 대표작이 〈너의
이름은〉이라면 〈얀보, 닌보, 톤보〉는 어린이 대상 라디오
드라마의 대표작이 되어, 1954년 4월부터 반년 동안 내
보낼 예정이던 것을 1957년 3월까지 3년이나 이어갔다.

그런데 얀보와 닌보의 목소리로 합격한 문학좌 사람
들이 연극 순회공연이나 출산 등의 이유로 계속하지 못
하게 되어, 도중에 얀보는 사토미 교코 씨, 닌보는 요코
야마 미치요 씨로 교체됐다. 두 사람 다 NHK 극단 동기
생이었다.

첫 1년 동안은 하얀 원숭이 삼 형제의 목소리를 어른이 맡고 있다는 사실을 비밀로 했다. 해설자는 매주 프로그램 끝에 이렇게 말했다.

"출연 얀보, 닌보, 톤보. 해설 나가오카 데루코……."

목소리 연기가 어른인 것을 왜 숨겼는가 하면, 이자와 선생님이 "아이들의 꿈을 깨고 싶지 않다. 트릭을 밝힐 필요는 없다"고 해서였다.

당초에 NHK는 어린이 목소리를 성인이 연기하는 방식에 반대했다. 그러나 이자와 선생님은 어린이 목소리를 내는 배우가 분명히 있을 것이라며 이렇게 주장했다고 한다.

"어린이들을 늦은 시간까지 스튜디오에 붙들어놓는 것은 좋지 않습니다. 얀보의 목소리를 어린이가 아니라 성인 여성에게 맡기지 않으면, 저는 프로그램에서 하차하겠습니다."

이자와 선생님의 한마디로 대규모 오디션 개최가 결정됐다. 지금은 외화나 애니메이션 영화에서도 남자아이의 목소리는 대부분 성인 여성이 더빙하지만, 당시만 해도 어른이 아이 목소리를 연기하는 것은 방송계의 상식을 뒤집는 사건이었다.

"얀보, 닌보, 톤보의 목소리를 연기하는 것은 사실 어린이가 아니라 NHK 도쿄방송 극단의 3인조입니다."

NHK가 이렇게 발표한 것은 방송이 시작된 지 1년쯤 지났을 때였다. NHK는 프로그램이 호평받고 있고 내년은 원숭이해이니 매스컴에서 크게 다뤄질 것이라고 생각했다. NHK의 예상은 적중했다. 얀보 역의 사토미 교코 씨, 닌보 역의 요코야마 미치요 씨 그리고 톤보 역의 토토에게는 신문과 잡지 취재가 밀려들었다. 세 사람은 히비야공원에서 나란히 인터뷰를 받기도 하고, 우에노 동물원에 이끌려가기도 했으며, 카메라맨이 기타센조쿠에 있는 토토의 집까지 찾아와 사진을 찍기도 했다.

《주간 아사히》에 실린 세 명의 화보 기사에는 이런 글이 곁들여졌다.

라디오 방송계에서는 한때 '고키라'라는 말이 유행했다. 고질라를 본뜬 말이다.

NHK 성우 연구생 제5기생의 왕성한 활약에서 나온 말

여기저기에서 인터뷰 요청이 쏟아졌다.

인데, 그중에서도 세 명의 여성이 '고키라'의 대표적인 인물로 꼽힌다.

이 세 여성은 예명보다 이자와 다다스 씨의 〈얀보, 닌보, 톤보〉로 더 유명하다. 이 작품을 통해 그들의 존재가 세상에 알려졌기 때문이다.

'고키라'의 특징은 텔레비전과 관련이 있다. 대사뿐만 아니라 노래하고 춤추는 것까지 동시에 요구된다. 거기에 외모까지……

그들은 본연의 매력을 발휘하며 대사 처리에서도 신선하다는 평가를 받았다. 최근에는 다소 연예인화됐다는 말도 있지만, 그 매력을 잃지 않는 것이 중요하다.

사토미 얀보—애칭 소요. 158센티미터, 45킬로그램

요코야마 닌보—애칭 요코. 161센티미터, 47킬로그램

구로야나기 톤보—애칭 자크. 158센티미터, 45킬로그램

이 기사에는 '애칭 자크'로 나왔는데, 그 유래는 수다쟁이 토토의 입에 자크(지퍼)를 채운다는 뜻이 아니다. NHK 극단에 들어갈 때 낭독 시험에서 토토는 아쿠타가와 류노스케의 〈갓파〉 각본을 골랐다. 많은 갓파(아이 모

습을 하고 물속에 산다는 일본의 요괴─옮긴이)가 나오는 가운데, '자크'라는 이름의 갓파가 "자크자크, 자크자크"라고 말하는 것이 재미있었다. 토토가 그걸 자꾸 따라 하다 보니 모두 토토를 '자크'라고 부르게 됐다.

이 기사는 '외모'니 '45킬로그램'이니 요즘 같으면 논란이 될 내용의 문장이지만, 이런 식으로 연일 여러 매스컴에서 다루었다.

사실 이즈음 토토는 인생에서 세 번째 맞선을 보고 결혼을 진지하게 생각하고 있었다. 상대는 뇌외과 의사로, 토토는 "나, 결혼해도 괜찮을 것 같은데"라고 부모님에게 말하기도 했다.

아빠는 토토가 NHK에 들어가 연기를 하는 것을 허락해주긴 했지만, 내심 일보다는 결혼하기를 더 원했다. 당시에는 여성이 사회에서 활발하게 일하는 것보다 결혼해서 가정을 꾸리는 것이 훨씬 일반적이었고, 아빠도 그것이 여성에게는 행복이라고 믿었다.

결혼 준비는 순조로웠다.

"결혼하면 옷을 마음대로 해주지 못할 테니까."

엄마는 이렇게 말하며 지유가오카에 있는 단골 양장

週刊 NHKラジオ新聞

NHK RADIO WEEKLY

5周年記念
謝恩マーク
260

日本放送協会編集
毎週日曜日発行

12月19日・第260号
定価 15円

NHK RADIO WEEKLY
12月19日から25日までの番組・解説掲載

黒柳徹子

目下売出し中なり
獄界の専制君主を喝破

마음에 드는 오버코트를 입고 〈NHK 라디오 신문〉의 취재에 응했다.

289

점에서 오버코트를 자그마치 네 벌이나 맞춰주었다. 토토는 그중에서도 분홍색의 타이트한 프린세스 라인 코트가 마음에 들었다. 옷깃에 달린 모피와 소매의 검은 벨벳 장식이 특히 돋보였다.

그러나 결국 결혼은 하지 않았다. 상대는 좋은 사람이었지만, 사랑 없이 결혼하는 것은 안타까운 일이라고 생각했기 때문이다.

한동안 엄마는 토토가 그 오버코트를 입고 나갈 때마다 작은 소리로 "결혼 사기꾼!"이라고 중얼거렸다.

결혼하고 싶은 마음이 강하지는 않았지만, 결혼해서 그림책을 잘 읽어주는 엄마가 되고 싶다는 생각은 늘 품고 있었다.

그 때문인지 일이 늦어지면

"벌써 밤이 늦어서 실례하겠습니다. 안녕히 계세요"
라고 말해 주위 사람들을 어리둥절하게 만들곤 했다.

"프로 배우가 밤이 늦어 실례하다니, 그게 무슨 소립니까? 어디로 가게요?"

"졸려서 집에 가서 자려고요."

NHK에서 토토를 '텔레비전 배우 제1호'로 띄우려 해도, 본인의 의식이 이 모양이었다.

그래도 〈얀보, 닌보, 톤보〉가 대성공을 거두면서 토토는 일이 갑자기 늘었다. 어린이 대상 텔레비전 프로그램에서는 인형극 〈지로린 마을과 호두나무〉에서 '땅콩 피코' 역을 맡았고, 과학 프로그램 〈하테나 극장〉에서는 사회자인 '하테나 언니' 역, 일반 프로그램에서는 라디오 드라마 〈1초메 1번지〉에서 사에코 역을 맡았다. 어느 프로그램이든 큰 인기를 끌었고, 토토는 바쁘지만 즐겁게 일에 임했다.

그런 중에 연말 음악 프로그램의 사회자를 맡아달라는 의뢰가 들어왔다.

토토는 〈홍백가합전〉 사회를 맡게 됐다. NHK 전속
배우가 된 지 겨우 5년째의 일이었다.

지금은 국민 프로그램으로 누구나 아는 〈홍백가합전〉
제1회는 1951년 1월 3일에 방송되었다. 밤 8시부터 방
송되는 한 시간짜리 특별 프로그램으로 홍팀과 백팀에
각각 7명씩 가수가 출연했다. 아직 텔레비전 방송은 시
작되기 전이라, NHK 스튜디오에서 열린 가합전은 라디
오 프로그램으로 생중계됐다.

1953년 2월에 NHK 텔레비전 방송이 시작됐으며, 그
해 8월에는 민영 텔레비전 방송국도 첫 방송을 내보냈

다. 음악 프로그램은 텔레비전 인기를 이끄는 데 중요한 역할을 한다. NHK는 1954년 1월에 제4회 〈홍백가합전〉을 준비하면서, 설날 〈홍백가합전〉은 라디오와 텔레비전으로 동시 중계하겠다며 의기양양하게 대형 홀을 예약하려 했다. 그러나 대극장은 이미 인기가수들의 설날 쇼로 예약이 다 차서, 〈홍백가합전〉 일정을 어쩔 수 없이 12월 31일로 변경했다.

1950년대 후반이 되자, 12월 31일 밤에는 민영방송사들도 극장 중계 음악 프로그램을 만들어 맞섰다. 당시 인기가수들은 〈홍백가합전〉을 그리 중요시하지 않아서 NHK와 민영방송의 생방송에 겹치기로 출연하는 경우가 많았다.

그런 시절에, 1958년 제9회 〈홍백가합전〉이 열렸다.
〈홍백가합전〉 사회는 토토에게 굉장히 큰 무대였다. '역대 최연소 사회자'라고 불리기도 했다. 그러나 음악 프로그램이 지금처럼 많지 않았고, 애초에 토토는 일이 바빠서 음악 프로그램을 제대로 본 적이 없던 터라 얼굴과 이름을 아는 가수가 많지 않았다.

토토는 자기가 사회자 역할을 제대로 해낼 수 있을지 불안한 마음이 가득했다. 그러나 무대용으로 주문해준 금색 원피스를 받았을 때는 "와!" 하고 설렜다. 목둘레가 깊게 파이고, 허리가 꽉 조이며, 스커트는 풍선 스타일로 디자인된 원피스였다. 길이는 무릎 정도여서 걸어다니기 편하게 했다. 무대를 뛰어다녀도 괜찮게끔 고안한 것이다.

이해 〈홍백가합전〉은 개관 2년째인 신주쿠 코마극장에서 열렸다. 니혼테레비는 유라쿠초의 니혼극장, KR테레비(지금의 TBS)는 히비야의 도쿄 다카라즈카극장에서 송년 음악 프로그램을 생중계하기로 되어 있었다. 〈홍백가합전〉에 출연하는 가수들은 그쪽 프로그램에 출연한 뒤, 신주쿠 코마극장으로 달려오는 경우가 대부분이었다. 모두 겹치기 출연이다.

당시에는 '가미카제 택시'라는 말이 크게 유행했다. 1950년대 후반, 도로 정체가 심할 때 신호와 속도제한을 무시하고 거칠게 운전하는 택시를 가리키는 말인데, 요즘 같으면 유행어 대상을 받을 정도로 사용됐다.

그래서 민영방송 프로그램과 〈홍백가합전〉 겹치기를

하느라 숨 가쁜 일정을 소화해야 하는 가수들을 가미카제 택시에 빗대어 '가미카제 탤런트'라고 했다. 그렇지만 차로 이동 중에 신호를 무시하고 속도제한을 무시하면 아무래도 생명이 위험하니, 이때는 유라쿠초와 히비야에서 신주쿠 가부키초까지 경찰서 순찰차나 오토바이가 선도해주었다.

그런 게 다 있냐고 의아해할지 모르지만, 그 시절에는 그런 게 있었다.

"선서. 우리는 아티스트 정신에 따라 정정당당한 경쟁과 퍼포먼스로 전력을 다할 것을 물리칠 때까지 싸울 것을 맹세합니다. 1958년 12월 31일, 〈홍백가합전〉 제9회 대회, 출장선수 대표 구로야나기 테츠코."

〈홍백가합전〉은 토토의 선서로 시작됐다. 그 목소리는 지금도 NHK에 남아 있다.

백팀에는 오카모토 아쓰오를 선두로 고사카 가즈야, 미나미 하루오, 딕 미네, 프랑크 나가이, 다크 닥스, 가스가 하치로 등이 나왔다. 대미는 2년 연속으로 미하시 미치야가 맡았다. 동양음악학교 동급생 미우치 고이치도 있었다.

홍팀에는 마쓰시마 우타코, 유키무라 이즈미, 에리 지에미, 고시지 후부키, 페기 하야마, 아와야 노리코, 시마쿠라 지요코 등이 출연했으며, 대미는 이쪽도 2년 연속으로 미소라 히바리가 맡았다.

홍백 25팀의 가수가 함께 만든 연말의 호화찬란한 무대에는 노래와 응원전이 있고 심사위원 초대도 있어서, 이미 지금과 같은 〈홍백가합전〉의 원형이 완성됐다. 다만 지금과 가장 큰 차이는 대본이 거의 의미가 없었다는 점이다. 겹치기 출연 가수 중 누가 도착했는지 확인하고 사회자에게 알려줄 담당자도 없었다.

무대 위에 있는 토토에게까지 가수가 탄 차를 선도하는 순찰차의 사이렌 소리가 들렸다. 이어서 코마극장의 스태프가 무대 스태프를 향해 외치는 소리가 울려 퍼졌다.

"여자 왔습니다!"

"남자 왔어요!"

가수들의 도착은 모두 예정보다 늦어졌다. 12월 31일이라 도로가 무진장 막히기 때문이다. 겨우 코마극장에 도착해도 무대 뒤는 관계자들로 가득해, 방금 도착한 가수가 남자인지 여자인지만 간신히 구별했다.

그런 정신없는 상황 탓에 토토는 초반부터 큰 실수를 하고 말았다. 마쓰시마 우타코 씨를 "와타나베 하마코 씨입니다!"라고 잘못 소개한 것이다.

당시의 마이크는 스탠드째로 무대 중앙에 고정되어 있었다. 마쓰시마 씨는 전주와 함께 토토가 곡을 소개하는 동안 마이크를 향해 걸어갔다. 노래를 부르기 직전에 마이크 앞에 도착했지만, 틀린 이름을 정정할 틈조차 없이 노래를 시작했다.

"마쓰시마 우타코 씨 이름을 잘못 불렀으니 마지막에 정정하세요!"

스태프가 그렇게 말해서, 노래가 끝난 뒤에 토토는 마이크를 향해 "죄송합니다. 마쓰시마 우타코 씨였습니다!" 하고 머리를 숙였다.

그 정도로 혼란스러웠지만, 얼굴과 이름이 일치하는 가수도 물론 있었다. 어둠 속에서 슬그머니 등장해도 토토가 바로 "아!" 하고 얼굴과 이름을 안 가수는 샹송 가수 아와야 노리코 씨였다. 아와야 씨는 동양음악학교 출신으로, 엄마와 토토의 선배였다. 그는 아주 친한 사이여서 토토네 집에도 자주 놀러 왔다.

집에 올 때는 맨얼굴로 불쑥 혼자 나타나곤 했다. 테이블 위에 메이크업 도구를 펼쳐놓고는 "이 눈을 또렷하게 해야 해!"라며 아이라인을 여러 겹 그린 다음 속눈썹을 붙였다. 물론 〈홍백가합전〉 때는 완벽한 메이크업으로 등장했고, 토토는 침착하게 "아와야 노리코 씨가 부르는 〈장밋빛 인생〉〈라 비 앙 로즈〉입니다!"라고 소개했다.

백팀 사회자는 다카하시 게이조 씨였다. 게이조 씨는 6년 연속 백팀 사회를 맡아 위기도 위기로 느껴지지 않을 만큼 능숙한 진행을 했다. 그러나 요즘 〈홍백가합전〉에서는 상상할 수 없는 일이지만, 응원전 다음에 노래할 가수가 한 명도 없다는 것을 알게 됐을 때는 게이조 씨도 토토도 식은땀을 흘렸다!

무대에는 백팀을 응원하러 온 백호대(일본 에도막부 말기의 보신전쟁 때 16~17세 소년 무사들로 구성된 부대. 전투에서 패한 뒤 성이 불타는 줄 알고 집단 자결한 사건으로 유명하며, 일본에서 충성과 비극의 상징으로 여겨진다—옮긴이) 분장을 한 사람들이 있었다.

시간을 벌어야 했다! 무대에 함께 나온 개가 있는 것을 발견한 토토는 게이조 씨의 진행에 끼어들어 그 개에게 다가가 콧등에 마이크를 들이댔다.

"당신은 암컷입니까, 수컷입니까?"

개는 의아한 표정을 지었다.

"암컷이면 홍팀을 응원해주시겠습니까?"

이 말에 회장에서는 폭소가 터졌다.

끝없이 이어지는 박수 속에서 "여자, 왔습니다!"라는 소리가 들려왔을 때는 진심으로 안도했다.

"개한테 성별을 묻다니 정말 넉살이 대단하군."

정신없는 생방송이 끝나자 NHK 예능국장이 그렇게 말했다.

그 후 토토는 2015년 제66회 대회까지 모두 6회에 걸쳐 〈홍백가합전〉 사회를 맡았다. 첫 번째 사회 때는 모든 것이 어수선했지만 홍팀의 승리로 마무리됐다. 토토는 이때의 경험을 교훈 삼아, 두 번째 사회부터는 출연 가수 전원을 응원하는 데 신경을 썼다.

〈홍백가합전〉 첫 출연인 나카모리 아키나 씨가 바짝

긴장한 채 〈금기어〉를 부르는 모습을 보며, 노래가 끝나면 꼭 힘을 북돋위주어야겠다고 생각했다. 노래를 다 부른 나카모리 씨의 어깨를 끌어안고 토토는 "무릎이 아픈 것도 참고 잘 불러주셨네요"라며 감사의 마음을 전했다. 그때 수줍게 웃던 나카모리 씨의 얼굴을 토토는 잊을 수 없다.

가수들이 의상에 쏟는 열정을 알게 된 토토는 노래를 소개할 때 의상을 언급하는 것도 좋겠다고 생각했다. 그래서 한 번은 홍팀 가수 전원의 의상을 취재한 적도 있었다. 시마쿠라 지요코 씨가 〈이 세상의 꽃〉을 부를 때, 토토는 이렇게 소개했다.

"27년 전의 대히트곡, 오늘 처음으로 홍백전에서 부릅니다. 기모노도 주목해주세요. 겐로쿠 시대(1688년부터 1704년까지의 시기—옮긴이) 장인의 생활이 옻과 금색, 은색 실로 표현되어 있답니다. 〈이 세상의 꽃〉, 시마쿠라 지요코 씨입니다."

그러자 카메라맨이 기모노 옷자락에 수놓인 호화로운 자수를 클로즈업하며 무언의 협력 플레이를 해주었다.

토토는 이런 모험도 시도했다.

〈홍백가합전〉 무대에서 수화를 쓴다면 어떨까. 토토가 수화를 하고, 아이들이 그것을 봐주고, 귀가 들리지 않는 사람들이 손으로 이야기하는 것을 들어준다면 얼마나 멋있을까. 그렇게 생각한 토토는 〈홍백가합전〉에서 수화를 할 기회를 노렸다.

토토는 '아메리카 청각장애인 극단'을 일본에 초빙해, 미국 수화를 일본 수화로 옮겨서 함께 연극을 한 적이 있었다. 그때의 경험을 바탕으로 더 큰 프로그램에서 수화를 사용하고 싶다고 생각했다. 그러나 텔레비전에서 수화를 하려면 토토만 크게 비치거나 양손을 사용할 수 있도록 스탠드 마이크 앞에 서야 하는데, 그런 기회는 쉽게 오지 않았다.

1980년 〈홍백가합전〉에서 드디어 그 기회가 찾아왔다. 리허설 때, 세 시간 가까운 생방송 동안에 딱 한 번 그 타이밍이 온다는 것을 알게 됐다. 토토는 전일본농아연맹 회원에게 배운 수화 대사를 준비했다. 운 좋게도, 그 타이밍을 맡은 카메라맨이 예전부터 잘 알고 지내는 사람이었다. 토토는 카메라맨에게 귓속말로 "잘 부탁해요" 하고는 본방송에 들어갔다.

백팀의 사다 마사시 씨가 노래를 마치자, 토토는 스탠드 마이크 앞에서 손바닥을 가슴 앞에 모았다.

"오늘은 전국 곳곳에서 많은 분들이 보고 계실 겁니다. 고향을 떠나, 가족을 떠나, 혼자 보는 분들도 계시겠죠. 하지만 가수 여러분이 여러분들을 위해 모두 열심히 노래를 부르고 있습니다. 부디 마지막까지 함께 응원해주세요!"

토토는 말과 수화를 함께 사용해 그렇게 전했다.

30초 남짓한 짧은 시간이었지만, 〈홍백가합전〉에서 청각장애가 있는 사람들에게 처음으로 메시지를 전한 순간이었다. NHK에는 전국의 시청자들에게서 "정말 좋았습니다"라는 의견이 쏟아졌다고 한다.

2022년 〈홍백가합전〉에 토토는 심사위원으로 출연했다. 이 일을 시작한 지 70년이나 됐는데, 펜 라이트가 핸드 마이크인 줄 알고 거기에 대고 말하는 실수를 저질렀다. 그때 옆에 앉아 있던 피겨스케이팅 선수 하뉴 유즈루 씨가 토토에게 자연스럽게 마이크를 건네주었다. 사회자 사쿠라이 쇼 씨도 "헷갈리기 쉽죠. 저도 종종 그럽니다"라며 거들어주었다. 관객들도 크게 웃었다.

웃음으로 가득 찬 NHK 홀에서 토토는 마음 깊이 따뜻함을 느꼈다. 실수는 진작에 잊은 채, 〈홍백가합전〉은 역시 멋진 무대라고 새삼 생각했다.

토토를 키워준 〈홍백가합전〉이 언제까지나 이어지기를 진심으로 바랐다.

죽을 때까지 병에 걸리지 않는 방법

눈이 핑핑 돌 정도로 바쁘다는 것은 바로 이런 상황을 말하는 듯했다. 텔레비전도 라디오도 일주일에 여러 편의 고정 출연 프로그램이 있었다. 매일 다른 대본을 외워 리허설을 하고 본방송을 마치고, 그 사이사이에 미팅을 했다. 귀가는 늘 심야 택시를 이용했고, 잠은 세 시간 자면 잘 자는 편이었다. 하지만 뭐니 뭐니 해도 젊었기에, 이런 생활이 당연한 건 줄 알고 정신없이 지냈다.

당시 황태자와 미치코 님이 결혼할 무렵이었다. 드라마 생방송 중에 갑자기 이명이 들렸다. '삐—' 하는 소리가 점점 커지더니 상대방의 대사가 들리지 않았다. 다음

날도 마찬가지였다. 토토는 아는 병원장 선생님에게 전화를 걸어 상태를 설명했다.

"이대로 계속 일하다간 죽습니다."

선생님은 그렇게 말했다.

그 말에 깜짝 놀란 토토는 시간을 내서 병원으로 달려갔다. 선생님이 극심한 과로이니 바로 입원하라고 해서 토토는 방송국으로 돌아와 연출가들에게 "입원해서 쉬게 해주세요" 하고 부탁하며 돌아다녔다. 하지만 예정된 방송을 갑자기 변경하기는 어렵다. "그건 곤란해" 또는 "다른 프로그램은 몰라도 이것만은 해줘"라는 대답만 돌아왔다.

토토도 그런 말이 그리 싫지는 않아서 "내가 없으면 NHK 망하죠?" 농담을 하며 일을 질질 계속했다. 토토는 그때까지 건강에 불안을 느낀 적이 한 번도 없어서 이명 따위는 대수롭지 않다고 얕보았다.

그러나 얼마 지나자 이명이 다시 심해졌다. 어느 날 아침 일어나니 양쪽 무릎 밑에 지름 5센티미터 정도의 새빨간 꽃 같은 반점까지 생겼다. 엄마를 큰 소리로 불렀더니, 엄마는 평소와 달리 "얼른 병원 가봐" 하고 허

둥댈 뿐. '죽는다' 하는 생각이 떠올랐다.

부랴부랴 병원으로 달려가 진료를 받았다.

과로는 여러 가지 증상으로 나타난다는데, 토토의 경우는 이명과 새빨간 반점이었다. 수면 부족 등이 겹쳐 다리의 모세혈관이 약해진 것 같았다.

"일을 쉬고 제대로 입원해서 치료하지 않으면 낫지 않아요."

원장 선생님 말대로 한 달 동안 입원하기로 했다. 그렇게 결정한 것은 좋았지만, 연출가들의 얼굴이 머리에 떠올랐다. 고정 프로그램에 차질이 생기면 안 되니 어떤 반응이 돌아올지 상상조차 되지 않았다. 그러나 이번에는 토토가 강하게 부탁하자, 연출가들도 몸이 재산이니 치료에 전념하라며 이해해주었다.

입원 중에, 자기가 출연한 드라마 〈아버지의 계절〉을 봤을 때 토토는 뭐라 표현할 수 없는 기분이었다. 생방송으로 하는 이 텔레비전 드라마에서 토토는 아쓰미 기요시 씨가 연기하는 주방장의 부인 역을 맡았다. 가게에 단골손님이 찾아와 "어, 부인은요?" 하고 묻자 기요시 씨는 이렇게 대답했다.

"친정에 좀 갔습니다."

그렇구나. '친정에 갔다'라는 한마디로 모든 것이 정리되는구나. 토토가 자는 시간을 아껴가며 연기했던 배역이란 결국 그 정도에 지나지 않았구나. 이렇게 있다가 죽으면 "친정에 갔다가 죽었어요"라고 하면 되겠네……

진행하는 프로그램은 더 마음이 아팠다. 대타로 나온 사회자가

"구로야나기 씨는 몸이 좋지 않아 쉬고 있습니다만, 한 달쯤 지나면 돌아올 예정입니다. 그때까지 제가 대신 진행하겠습니다"

이렇게 말해줬더라면 토토도 병실에서 조금은 마음이 놓였을 것이다. 그런데 토토에 관해 아무런 언급 없이 "안녕하세요" 하고는 바로 프로그램을 시작했다.

"말도 안 돼! 병원에서 푹 쉬었다가 꼭 저 자리로 돌아가고 말 테야!"

복귀하겠다는 열정이 들끓었다.

현장은 비정하다고까지 할 수는 없지만, 아무래도 모

진 측면이 있게 마련이다. 많은 사람이 함께 일하는 현장이라면 더욱 그렇다. 입원한 한 달 동안 토토는 그 사실을 뼈저리게 깨달았다.

퇴원할 무렵 토토는 주치의 선생님한테 이렇게 물었다.

"죽을 때까지 병에 걸리지 않는 방법이 있나요?"

선생님은 웃으며 대답했다.

"기발한 질문이군요. 지금까지 그렇게 묻는 사람은 한 명도 없었는데. 아무튼 한 가지 방법이 있긴 합니다. 자기가 좋아하는 일만 하면서 살아가는 겁니다."

토토는 그거라면 간단하다고 머릿속에 떠오르는 즐거운 일을 줄줄이 말했다.

"내일은 연극 보러 가고, 모레는 맛있는 레스토랑에 가고, 그다음 날은 영화관에 가고, 또 그다음 날은 백화점에 가고……."

"누가 놀라고 했습니까. 자기가 좋아하는 일을 하라는 건 스스로 성취하고 싶은 일을 하라는 뜻입니다. 좋아하는 일을 하고 살면 사람은 병에 걸리지 않아요. 그렇지만 '짜증 나' '짜증 나' 하며 살다 보면 그 짜증이 쌓여 병이 됩니다."

그 시절에는 아직 '스트레스'라는 말이 일반적이지 않았다. 그러나 선생님은 일 때문에 스트레스를 쌓지 않는 것이 중요하다고 말하고 싶었을 것이다. 토토는 알겠다고 대답했다.

그날부터 지금까지 토토는 자기가 싫다고 느끼는 일은 맡지 않았다. 열심히 하고 싶은 일만 맡았다. 텔레비전 일도 연극 일도 즐거웠기에 꾸준히 할 수 있었다.

드디어 퇴원하는 날이 됐다. 토토는 NHK에 전화를 걸어 퇴원했다고 보고했다. 모든 현장에서 한결같이 당장 돌아와달라고 했다.

"당신이 돌아올 자리는 이제 없어"라고 하는 곳은 한 군데도 없었다.

오
빠

1960년대 초반, 모든 일은 대단히 순조로웠다.

토토가 출연한 프로그램 몇 가지를 소개하자면, 〈부후우〉는 텔레비전 최초의 인형극으로, 1960년 9월부터 1967년 3월까지 6년 넘게 방송됐다. 이것도 이자와 선생님 작품으로, 아기 돼지 삼 형제가 주인공이다. 불평쟁이 '부', 피곤쟁이 '후', 노력파 '우' 중에서 토토는 막내인 '우'의 목소리를 담당했다.

1961년 4월부터 방송된 〈마법의 양탄자〉는 헬리콥터에서 공중 촬영을 하고 영상 합성 기술을 구사한 어린이 대상 프로그램이다. "아브라카다브라!"라는 주문과 함

께 아라비아풍 의상을 입은 토토와 터번을 두른 초등학
생 두 명이 마법의 양탄자를 타고 그들의 초등학교 상공
을 나는 장면이 호평받았다.

운동장에 모인 초등학생들은 사람으로 글씨를 만들어
환영해주었다. 아이들에게 큰 인기를 모은 프로그램이
었는데, 헬리콥터가 도쿄 올림픽 중계에 필요해 더는 사
용할 수 없게 되면서 프로그램도 종료됐다. 3년 이상 이
어진 인기 프로그램으로, 지금도 가끔 "마법의 양탄자를
탔던 초등학생입니다"라면서 모르는 아저씨가 말을 걸
어오기도 한다.

어른 대상 프로그램에도 많이 출연해서 1961년 4월
부터 시작된 새 프로그램 두 편에 토토는 고정으로 출연
했다.

〈꿈에서 만납시다〉는 토요일 밤 10시부터 방송돼 5년
간 이어진 전설적인 음악 버라이어티 프로그램이다. 〈젊
은 계절〉은 긴자의 프랭탕이라는 화장품 회사에서 일하
는 젊은이들을 그린 코미디 드라마로, 지금은 대하드라
마가 자리 잡은 일요일 밤 8시 시간대에 방송됐다. 하나
하지메, 크레이지 캣츠, 사카모토 규 씨 등 당대의 스타

45인이 출연하여 '45인의 스타가 나오는 프로그램'이라 불리기도 했다.

〈꿈에서 만납시다〉도 〈젊은 계절〉도 생방송이었다. 대본이 방송 2일 전에야 완성되어, 그동안 대사를 외우고 리허설을 하느라 지금으로서는 상상할 수 없는 극도로 고된 일정을 소화해야 했다. 몇 년 동안 잠을 제대로 못 자는 주말이 이어졌다. 하지만 많은 배우들과 공연하며 큰 공부가 됐다.

지금도 기억나는 것은 〈젊은 계절〉의 대본이 늦어진 일이다. 방송 당일이 돼서야 대본이 나왔는데, 인쇄할 시간마저 없어 전 출연자에게 복사해서 나눠주었다. 당시의 복사물은 지금과 달리 연보라색으로 축축했으며, 손에 들면 식초 냄새가 났다. 여러 권 쌓아놓은 책상 아래로 물방울이 떨어져 물이 고일 정도였다.

아쓰미 기요시 씨는 1960년, 텔레비전 드라마 〈아버지의 계절〉 스튜디오에서 만났다. 에노모토 겐이치 씨가 주연을 맡은 〈젊은 계절〉의 전신 같은 드라마로, 기요시 씨는 토토의 맞선 상대로 도중에 합류했다.

기요시 씨는 아사쿠사의 프랑스좌라는 스트립 극장에서 코미디언으로 실력을 갈고닦은 일류 예능인이다. 프랑스좌에는 아즈마 하치로 씨와 세키 게이로쿠 씨를 비롯해 훗날 제1선에서 활약한 코미디언들이 적을 두고 있었으며, 콩트 작가 이노우에 히사시 씨가 드나들었다.

"아사쿠사의 공연장에서 좌장을 맡고 계신 분입니다."

NHK 사람에게 소개받았다.

"구로야나기 테츠코입니다. 안녕하세요."

토토가 그렇게 인사하자, 기요시 씨는 작은 눈 속에서 까만 눈동자를 쓱 움직였다.

'와, 눈매가 사나운 사람이네.' 그것이 토토가 기요시 씨에게 받은 첫인상이었다. 어깨를 으쓱하며 "안녕하슈" 하고 인사한 기요시 씨는 그곳에 있는 사람들 전원을 경계하는 것처럼 보였다.

기요시 씨는 목소리가 무척 좋았다. 조금 전까지 그렇게 까칠하더니, 막상 연습이 시작되자 토토는 그가 맞선상대 역에 딱 어울리는 사람이라고 느꼈을 정도였다. 연습이 끝나니 다시 까칠해졌지만, 일주일에 한 번 리허설

과 본방송이 있으니 익숙해지겠지 하고 토토는 느긋하
게 생각했다.

처음 만나고 몇 주가 지나 사전 미팅을 할 때였다. 토
토가 무슨 말을 하자 기요시 씨가 갑자기 의자에서 벌떡
일어나더니,

"뭐야, 이 계집애는!"

하고 화난 목소리로 말했다. '계집애'라는 말을 처음
듣는 토토는 심술도 빈정거림도 아닌 순수한 마음으로
"계집애라는 건?" 하고 되물었다.

그러자 기요시 씨는

"아아, 진짜 싫다. 이런 여자는 정말 싫어"

하고 의자에 다시 앉았다.

아사쿠사에서 고생하며 실력을 길러온 기요시 씨에
게, 기독교계 여학교를 거쳐 음악학교를 졸업하고 NHK
극단에 소속된 토토는 고생을 모르고 자란 온실 속 화초
로 보였을 것이다.

기요시 씨도 아직 방송국 분위기에 익숙하지 않아서,
음향 스태프에게서 "마이크가 터질 것 같으니 좀 더 작
은 소리로" 하고 주의를 받았을 때는 "아사쿠사에서는

얼마나 목소리가 잘 울리는지가 승부였는데"라며 분해
했다. 그런 기요시 씨를 보며 토토는 좋은 생각을 떠올
렸다. 다음 녹화 때 자기가 제일 좋아하는 책을 한 권 사
서 선물하기로 했다.

"보세요, 세상에는 이렇게 예쁜 이야기가 있어요. '이
계집애' 하고 소리 지르지 말고 이런 책을 좀 읽어보세
요."

토토가 생텍쥐페리의 《어린 왕자》를 내밀자, 기요시
씨는 회색 별 위에 금발의 소년이 서 있는 표지 그림을
의아한 듯 바라보았다. 그러고는 머뭇머뭇 그 책을 들고
"고맙수" 하고 겸연쩍다는 듯이 자리를 떠났다.

기요시 씨와 이런저런 이야기를 나누게 됐다. 아사쿠
사, 영화, NHK, 그리고 평소 다 함께 가는 중화요리점
등등.

기요시 씨의 이야기는 무척 재미있었다. 어느샌가 기
요시 씨는 토토를 '아가씨'라고 부르고, 토토는 기요시
씨를 '오빠'라고 부르는 친한 사이가 됐다.

토토에게 속내를 털어놓게 된 오빠는 이런 이야기도

했다.

"실력 있는 사람은 혼자서 별것도 아닌 이야기로 사오십 분 끌고 갈 줄 알아야 해. 무대 맨 앞에 걸터앉아 너덜너덜한 신문을 들고 있는 중년남자한테 '어디서 왔어요?' 하고 말을 걸면서 분위기를 끌고 가는 거지. 그런 게 돈 받을 자격이 있는 배우, 잘하는 배우라고 다들 믿었어. 그래서 그렇게 되려고 다들 고생했지. 작가가 쓴 대본을 이해하기 전에 먼저 자신을 어떻게 표현할지 고민했으니까. 하루 3회 공연에, 설날에는 6~7회까지 공연을 했어. 사흘째까지는 정상적으로 하다가, 그 뒤에는 무슨 역이든 할머니 가발을 쓰고 나가. 그걸 보고 관객들은 엉터리라고 배를 잡고 웃는 거야."

처음 듣는 이야기였다.

오빠와는 〈꿈에서 만납시다〉와 〈젊은 계절〉에서도 같이 공연했다. 그 후 오빠의 활약상은 설명할 필요도 없을 것이다. 바로 '도라상(일본 국민의 사랑을 받은 〈남자는 괴로워〉 시리즈의 주인공. 이 시리즈는 무려 48편이 제작됐다—옮긴이)'이다. 오빠가 말한 '실력 있는 놈'이란 바로 아쓰미 기요시 자신을 이야기한 게 틀림없다.

현장에서 일을 하면 할수록 토토는 마음이 흔들렸다.

여러 프로그램에 출연하고 있었지만, 본격적인 배우 수업을 받지 않은 것이 차츰 콤플렉스로 느껴진 것이다. NHK에 합격했을 때나 양성 시절에도 배우가 되고 싶다고 생각한 적은 없었지만, 이 무렵부터 배우라는 직업을 강하게 의식하는 자신을 발견했다. 아쓰미 기요시 씨와 가까워지며 많은 이야기를 나누다 보니, 토토는 어느 정도 훈련받을 시간이 필요하다는 생각이 들었다.

사람들 눈에는 토토의 연기가 부족해 보일지도 모른다. 시간이 흘러도 여전히 '부잣집 아가씨' 같은 연기에서 벗어나지 못하고 있으니 무엇보다 그 문제를 해결해야 했다. NHK 같은 큰 조직에 속해 있으면 못해도 "됐어, 괜찮아" 하고 넘어갈 수 있지만, 독립된 배우들 사이에서는 "그만 됐어"가 되어버린다. 엄격함의 차원이 다르다.

'콤플렉스를 극복하고 배우로서의 무기를 익히고 싶어.'

토토는 간절히 생각했다.

NHK 양성 시절에 문학좌 무대를 본 적이 있다. 그때 "눈앞에서 사람이 생생하게 움직이는 무대가 재미있다"라는 감상문을 쓴 기억을 떠올리고, 문학좌 연극을 보러 가기로 했다. 이자와 선생님이 쓰고 연출한 〈2호〉라는 작품이었다.

문학좌의 간판스타 스기무라 하루코 선생님의 연극을 적극적으로 보러 다녔다. 무대 경험이 풍부하고 연기를 굉장히 잘한다는 평판은 텔레비전 스튜디오에서도 알고 있었지만, 무대 배우는 온몸으로 연기하는 것이 텔레비전과 가장 큰 차이라는 점을 새삼 실감했다.

'극단에 들어가서 제대로 공부하면 연기가 늘지도 몰

라.'

그렇게 생각한 토토는 스기무라 선생님에게 상담하기로 했다.

"저, 문학좌에 들어가고 싶습니다."

토토가 조심스럽게 말을 꺼내자 스기무라 선생님은 이렇게 답하셨다.

"꼭 들어가세요. 내가 한마디 일러두면 아무도 뭐라 하지 않을 테니."

스기무라 선생님은 배우에게 엄격하기로 유명했지만, 토토만큼은 유독 부드럽게 대했다. 아마도 토토를 배우로서 인식하지 않았기 때문일지도 모른다. 그 사실을 알고 있었지만, 토토는 '선생님은 서양물 번역극을 내게 맡기고 싶어 그러시는지도 몰라' 생각하며 큰 기대를 안고 답을 기다렸다.

그러나 스기무라 선생님의 답장은 예상 밖이었다.

"극단 이사회에서 구로야나기 테츠코 씨를 문학좌에 추천했더니, 딱 한 사람이 반대를 했어요. 구로야나기가 들어오면 문학좌가 어수선해질 거라고요. 하지만 마침 문학좌에 연극연구소가 생겼으니 테츠코 씨는 거기에 들어가면 됩니다."

그리하여 토토는 NHK에서 일하는 틈틈이 시나노마치에 있는 문학좌 부속 연극연구소에 다니게 됐다. 에모리 도루 씨와 동급생이었는데, 당시 에모리 씨는 아직 열여덟 살이었다.

그러나 그 이듬해 1월, 문학좌 배우들이 대거 탈퇴하는 소동이 벌어졌다. 탈퇴한 사람들 대부분은 셰익스피어 희곡 번역으로 유명한 후쿠다 쓰네아리 씨가 결성한 '극단 구름'에 합류했다.

배우 수가 급격히 줄어든 문학좌는 연출가 이누이 이치로 씨를 통해 토토에게 "연극연구소 말고 문학좌에 들어오지 않겠습니까?"라고 제안했다. 그러나 토토는 같이 공연하고 싶었던 배우들이 모두 새 극단에 가버린 데다 〈꿈에서 만납시다〉 〈젊은 계절〉 등 재미있는 프로그램에 출연 중이었다. 그래서 이누이 씨에게 "나중에 극단에 들어가게 된다면 문학좌에 들어가겠습니다"라고 대답하고, 연구생 신분으로 연극 공부를 이어가기로 했다.

어느 금요일 일정은 이런 상태였다.

10시 반~14시	시나노마치의 문학좌 부속 연극연구소
14시~16시	아오야마의 국제라디오센터에서 〈부후 우〉 녹음
19시~21시	다무라초의 NHK 본관에서 〈젊은 계 절〉 리허설
20시~22시	동시에 하는 〈마법의 양탄자〉 리허설
22시~익일 2시	히비야공원 내의 NHK 스튜디오에서 〈꿈에서 만납시다〉 리허설

여전히 "그러다 죽는다"라는 말을 들을 만큼 분주한 나날이었지만, 죽지 않고 끝난 것은 모두 자기가 좋아하는 일이었기 때문이다.

문학좌에 다니기 시작한 해부터는 NHK 이외의 일도 하게 됐다.

최초의 일은 광고로, NHK 전속 배우인데 광고에 출연해도 되는지 예능국장에게 허락을 받으러 갔다.

"텔레비전 광고가 들어왔는데 어떻게 할까요?"

토토가 그렇게 말하자 무슨 서류를 읽고 있던 국장은 얼굴을 번쩍 들고 눈동자를 반짝거리며 토토를 돌아보았다.

"쩐, 주냐?"

NHK의 높은 사람들은 어째서인지 돈을 '쩐'이라고 했다. 토토가 "줍니다" 하고 대답하자

"그럼 해. 그게 관심을 끌면 NHK도 봐주게 될 테니"

이렇게 비교적 간단히 승낙해줘서 토토는 광고에도 나가게 됐다.

TBS 스튜디오였던 것으로 기억한다. 어느 라디오 드라마에 출연했을 때, 각본가 무코다 구니코 씨를 처음 만났다. 늦어진 다음 회차의 대본을 스튜디오 창문 너머에서 쓰고 있는 무코다 씨를 보며, 예쁜 사람이구나 생각한 것이 그와의 첫 만남이었다. 무코다 씨는 TBS 라디오 드라마 〈모리시게의 임원 생활 교본〉 각본으로 주목받기 시작한 때였다.

도쿄 올림픽이 끝날 무렵, 배우 가토 하루코 씨가 "놀러 가지 않을래?" 하고 제안해 무코다 구니코 씨 댁을

처음 방문했다. 하루코 씨는 무코다 씨의 수많은 작품에
출연한 배우였다.

무코다 씨는 '가스미초 맨션'에 살고 있었다. 가스미초
는 지금의 니시아자부에 해당하는 지역으로, 목조 모르
타르 3층 건물의 2층 'B-2'가 그의 집이었다. 집이 그리
넓진 않았지만, 작업 책상 옆에 소파가 있고 샴고양이가
있었다. 배가 고프면 주방에 서서 냉장고에 있는 재료로
척척 요리해서 먹었다. 무코다 씨의 그런 생활은 아직 부
모님과 사는 토토에게 너무나 자유롭고 경쾌해 보였다.

토토는 무코다 씨의 집에 자주 드나들게 됐다. 당시
토토는 세타가야에서 가족과 함께 살았는데, 무코다 씨
의 집이 시부야의 NHK와 아카사카의 TBS 그리고 롯폰
기의 NET(지금의 테레비 아사히) 중간쯤에 있어서 시간이
생길 때 방문하기 쉬웠다. 무엇보다 무코다 씨와 함께
있으면 마음이 무척 편안해졌다.

두 사람은 묵묵히 각자의 일을 할 때가 많았다. 토토
가 뒹굴뒹굴 대본을 읽고 있는 옆에서 무코다 씨는 열심
히 원고를 썼다. 무코다 씨는 원고가 늦기로 유명했지
만, "너무 일찍 주면 배우들이 생각을 많이 하니까, 마지

막까지 구상하다가 후딱 쓰는 게 좋아"라며 변명하곤 했다. 가스미초는 당시에도 세련된 느낌을 주는 동네였는데, 무코다 씨가 "여자도 장소에 따라서 일이 들어온다"고 한 말은 정말 명언이라고 생각했다.

토토는 무코다 씨의 존재에 의지했다. 언제나 무코다 씨가 곁에 있었기에 그 바쁜 날들을 견뎌낼 수 있었다.

무코다 씨가 비행기 사고로 세상을 떠난 뒤에 알게 된 사실이 있다. 토토가 무코다 씨의 아파트에 자주 드나들던 시기는 카메라맨이었던 그의 연인이 사망한 직후였다고 한다. 무코다 씨가 왜 "언제든 와도 좋아"라고 해주었을까 생각해보니, 토토의 하찮은 수다가 무코다 씨에게 기분 전환이 됐을지도 모르겠다. 서로의 남자 친구 이야기는 한 번도 나눈 적이 없었다.

토토는 NHK를 떠나기로 결심했다.

〈아버지의 계절〉 때부터 오랜 교류가 있던 모리 미쓰
코 씨에게 "좋은 회사, 아시는 데 있나요?" 하고 의논했
더니, 그러자 모리 씨가 "우리 회사로 와요"라고 했다.
그래서 토토는 모리 씨가 소속된 요시다 나오미 사무실
에 들어가게 됐다.

일은 순조로웠다.

연극 일이 많아지면서 1970년에는 데이코쿠극장에서
열린 설날 공연인 브로드웨이 뮤지컬《바람과 함께 사라
지다》에 출연하게 됐다. 연출과 안무는 브로드웨이에서

《노 스트링스》 같은 대히트 뮤지컬을 만든 조 레이턴이 맡았다. 조의 부인 에벌린은 브로드웨이에서 평판이 좋은 배우였지만, 남편의 일을 돕기 위해 은퇴했다. 조는 에벌린을 깊이 신뢰했으며, 그의 의견은 조의 연출에 큰 영향을 미쳤다.

에벌린은 연습장에서 조와 함께 있을 때 옆에 앉아 담배를 피우며 묵묵히 지켜볼 뿐, 한마디도 하지 않았다. 그런데 연습이 끝나면 근처 가게에서 식사하며 그날 연습을 처음부터 끝까지 피드백했다. 조는 에벌린의 말을 전부 적어서 다음 날 연습에 반영했다. 에벌린은 집에서 요리를 하지 않는다고 했다. 조는 에벌린에게 한 번도 반발한 적이 없었다. 그런 부부관계에 토토는 감동했다.

토토는 에벌린과 친해졌다. 어느 날, 토토가 에벌린에게 한동안 일을 쉴 생각이라고 털어놓으며 그동안 일하면서 느꼈던 불안과 콤플렉스를 이야기했다. 그러자 에벌린은 바로 이렇게 말했다.

"그러면 뉴욕에서 연극학교에 다녀봐요. 뭐니 뭐니 해도 메리 타르차이 연극학교죠. 브로드웨이에서 메리 이상의 선생님은 없어요. 프로들만 가르쳐요."

토토는 해외에서 살고 싶다고 생각한 적은 있지만 연극을 배우겠다는 생각은 해본 적이 없었다. 공연이 끝나서 뉴욕으로 돌아가면 이 이야기도 흐지부지되겠거니 했다. 웬걸, 에벌린이 추천한 메리 타르차이 선생님에게서 연한 파란색 항공우편이 날아왔다.

친애하는 테츠코. 아직 동양인 배우를 가르친 적은 없지만, 에벌린이 당신은 재능 있는 배우로 뉴욕에서 연기를 공부하고 싶어 한다기에 가르쳐보기로 했습니다. 언제 이쪽으로 오시겠어요? 우리 학교는 가을부터 다음 해 초여름까지가 한 학기랍니다. 메리 타르차이.

이 항공우편에 토토는 결심을 굳혔다. 편지를 받은 며칠 뒤, 토토는 매니저 요시다 씨에게 과감히 "1, 2년 쉬고 싶은데요"라고 전했다.

일로만 보면 "지금이 최고 전성기인데 왜?"라는 의문을 품을 수 있는 시기였다. "돌아와서 일이 없으면 어쩌려고?"라며 걱정하는 사람들도 있었다. 그러나 토토는 1, 2년 일본을 떠난다고 해서 잊힌다면, 그때는 자신의 실력 부족을 인정하고 그만둘 것을 각오했다.

든든했던 것은 요시다 씨가 "부디 쉬고 오세요!"라고 말해준 것이다. 요시다 씨는 한참 앞서까지 들어와 있던 토토의 일을 정리해주었다. 그리고 두 사람만의 비밀로 하고 준비에 들어가주었다.

미련이 있다면, NHK의 아침 연속 텔레비전 소설 〈마유코 혼자〉를 도중에 그만두는 것이었다. NHK에는 그해 10월부터 연기 공부를 위해 뉴욕에 간다고 전했다. 당시의 아침 드라마는 지금과 달리 일 년 동안 방영됐지만, 토토는 절반까지만 출연하기로 약속했다.

드라마는 부모와 떨어져 자란 주인공 마유코가 고향 아오모리에서 도쿄로 올라와 자신을 버린 엄마를 찾는다는 스토리였다. 토토가 맡은 역할은 마유코의 하숙집에서 가사도우미로 일하는 다구치 케이였다. 케이라는 인물은 '뱃사람이었던 남편과 사별하고 통조림 공장에서 일하며 초등학교 5학년인 아들과 엄마를 부양하다, 월급을 조금이라도 더 받으려고 상경해서 가사도우미가 된 중년 여성'으로 나온다. 케이가 아오모리 하치노헤

출신으로 설정됐다는 말을 들었을 때는 깜짝 놀라는 동시에 의욕이 솟구쳤다.

피란 시절에 머물렀던 아오모리에 은혜를 갚을 기회가 왔다고 생각했다. 사투리는 자신 있었지만, 그동안 텔레비전에서 주로 도시의 젊은 여성 역할을 맡아왔기 때문에 케이 역을 어떻게 표현할지 연구하고 싶었다.

우선, 케이라는 인물은 외모에 신경 쓸 겨를이 없는 사람이어야 했다. 신경을 쓰지 않는 것이 아니라, 생활이 바빠 신경을 쓸 수 없는 사람이었다. 그 무심함을 표현하는 데는 뭐니 뭐니 해도 머리 모양이 중요하다. NHK의 도코야마 씨에게 짧은 머리에 파마를 하고 말리지 않은 머리 가발을 부탁했다. 이마가 극단적으로 좁아 보이도록 가발을 푹 눌러쓰고, 우유병 바닥 같은 도수 높은 안경을 썼다. 보라색에 가까운 빨간 뺨으로 분장하자 목 위로는 완벽한 이미지가 완성됐다.

얼굴이 완성되니 이제 의상이 남았다. 약간 시대에 뒤떨어진 느낌의 옷을 찾아 입고 솜으로 만든 가짜 살을 채워 넣었더니, 그야말로 외모에 신경 쓰지 않는 중년 여성이 됐다. 뱃살을 잡아보면 도쿄 전화부 정도의 두께였다.

거울 앞에 서니 토토의 흔적은 완벽하게 사라졌다.

첫 녹화일, 의상과 분장을 마치고 시간이 남아서 그 차림으로 NHK 구내식당에 가보기로 했다. 마침 〈마유코 혼자〉의 연출가 옆에 자리가 비어 있었다.

"안녕하세요."

토토가 인사하며 앉자, 연출가는 힐끔 토토를 보더니 "예" 하고 모호하게 대답하고는 이내 함께 있던 스기 료타로 씨와의 대화로 돌아갔다. 스기 씨도 〈마유코 혼자〉에 출연 중이었다.

"저기요."

토토가 한 번 더 말을 걸었지만, 연출가는 곤란한 표정을 지을 뿐이었다.

'이 차림으로는 나를 못 알아보는구나' 하고 상황을 파악한 토토는

"나, 구로야나기예요"

하고 큰 소리로 말했다. 그러자 연출가는 눈을 크게 뜨고 토토의 얼굴을 바라보았다.

"진짜다!"

비둘기가 콩알탄을 맞은 듯한 표정으로 "전혀 못 알아

봤어!"라고 했다.

녹화가 시작되고 방송이 될 때까지 두 달 동안 여러 가지 체험을 했다. 토토가 케이 씨 차림으로 방송국 안을 돌아다니면, 토토가 분장한 것을 모르는 사람들은 가는 곳마다 '잘못 찾아온 아줌마' 취급을 했다. 복도에서 인사를 해도 무시했고, 식당에서 커피를 주문해도 평소에는 상냥하던 점원이 커피잔을 말없이 턱 내려놓았다. 화장실에 줄을 서도 나중에 온 젊은 사람이 차례를 무시하고 앞으로 가버리곤 했다. 동작이 둔하고 요령 없는 아줌마로 보이면 사람들은 자연스럽게 추월하는 것 같았다.

토토는 슬펐다. 배역을 통해 다른 사람의 인생을 경험하는 경우는 흔했지만, 이토록 강렬한 경험은 처음이었다.

〈마유코 혼자〉는 대박이 났다. 4월에 방송이 시작되자마자 "구로야나기 씨는 어디에 나와요?"라는 문의가 방송국으로 쇄도했다고 한다. 변신에 성공한 것이다! 뉴욕 유학을 위해 반년만 다구치 케이로 출연했는데, 방송국에서는 마지막 회까지 출연해주기를 원했다. 그러나 그렇게 되면 다음 해에도 일본에 남게 될 테고, 이후에 또 다른 일들이 들어올 것이 뻔했다. 결국 토토는 10월까지만 출연하기로 마음먹었다. 토토는 출발 직전까지 출연을 이어갔고, 다구치 케이의 마지막은 뉴욕의 어떤 가정에 가사도우미로 들어가기 위해 미국으로 떠나는 것으로 마무리됐다.

엄마에게 뉴욕 유학 계획을 털어놓자, 엄마는 커다란 눈을 반짝이며 "잘했어. 간다면 지금 가야지"라고 격려해주었다. 롯폰기의 케이크 가게 주인은 "테츠코 씨를 텔레비전에서 볼 수 없다니 너무 슬퍼요"라고 했다. 그 말을 들으며 토토는 18년간 해온 일이 헛되지 않았다는 생각이 들었다. 그날 NHK 구내식당에서 토토를 알아보지 못했던 연출가도 "테츠코 씨에게 필요한 일이라고 생각해요. 분명히 재미있는 걸 가지고 돌아오겠죠"라며 흔쾌히 보내주었다.

1971년 10월, 출발하는 날.

"조심해라."

아빠는 현관에서 그렇게 말했다. 어쩌면 조금 섭섭했을지도 모른다.

"느긋하게 지내."

동생 마리는 웃는 얼굴로 손을 흔들어주었다.

토토는 그때까지의 18년 동안 아침에 일어나면 그날 일정을 분 단위로 정하며 지냈다. '오늘은 뭘 할까?'라고 여유롭게 생각할 수 있는 아침을 맞이한 적이 단 한 번도 없었다. 좋은 프로그램과 좋은 동료를 많이 만났지만, 솔직히 조금 지쳐 있었다. 마음 한구석에서는 전혀 다른 무엇을 흡수하고 싶었는지도 모른다. 창조적이고 항상 자극받지 않으면 안 되는 직업인데, 어느 순간 반복이 많고 신선함이 사라진 하루하루를 보내는 기분이 들었다.

토토는 줄곧 달려온 선로에서 잠시 벗어나 지선에 머무는 시간을 마련하고 싶었다. 지선에 가만히 서 있는 기차는 선로를 달리는 기차가 보기에는 소외된 느낌이 들 수도 있다. 정말로 외롭고 불안할지도 모르지만, 급히 달리느라 미처 깨닫지 못했던 풍경도 틀림없이 발견할 수 있을 것이다.

하네다공항에는 요시다 씨가 배웅을 나와주었다. 짐을 맡기고 탑승할 때까지 시간이 조금 남아 두 사람은 공항 라운지에서 차를 마셨다.

"야마오카 히사노 씨에게 유학 간다고 했더니 '다녀와. 다들 가고 싶어도 가족 때문에 못 가. 당신은 갈 수 있으니 나 대신 잘 다녀와' 하시더군요. 사와무라 어머니는 '다녀와, 다녀와. 그런데 2년은 너무 길다' 하시고요."

토토는 요시다 씨에게 그렇게 전했다. 모든 이의 친절이 토토는 기뻤다.

"사실 연극을 하는 사람이라면 누구나 더 자유로워져서 많은 것을 흡수하고 싶어 하잖아요. 제 생각을 들어주셔서 정말 고마워요."

요시다 씨는 부드럽게 미소 지으며 들어주었다.

비행기 트랩을 오를 때, 앞사람도 뒷사람도 연신 뒤를 돌아보며 데크를 응시했다. 거기에는 팔을 크게 흔들며 배웅하는 사람들이 있었다.

이별은 쓸쓸하지만, 새로운 시작에는 마음을 설레게 하는 무언가가 있다.

토토의 마음속에서, 잊혀가던 노래가 다시 들려왔다.

이별은 슬프지만

출발은 기뻐

안녕, 안녕, 많이 말하고

건강하게, 건강하게, 출발하자.

〈얀보, 닌보, 톤보〉에서 하얀 원숭이 삼 형제가 하나의
모험을 마치고 다음 모험을 떠날 때, 토토를 비롯한 성우
세 사람이 스튜디오에서 함께 부른 〈출발의 노래〉였다.

작가 후기

이렇게 쓰고 보니, 인생은 참 재미있는 듯하다. 내 아이에게 책을 잘 읽어주는 엄마가 되고 싶었는데, 많은 어린이 프로그램에 출연하는 사람이 됐다. 정작 내 아이에게는 읽어주지 못했다.

그래도 유니세프 친선 대사로 임명되어 전 세계 어린이들의 고통을 온 세상에 알리는 일을 맡게 됐다. 부모를 잃고, 죽어가는 아프리카 아이를 안았을 때는 외톨이로 죽는 것보다 내 품에라도 안겨 있는 편이 더 나을지 모른다고 생각했다.

뉴욕에서 막 돌아왔을 무렵에는 뉴스 프로그램을 진

행하면서 텔레비전 드라마에도 출연했다. 내가 취객 역을 맡았을 때 스태프 중에는 "정말로 마셨죠?"라며 착각하는 사람이 있었다. 나는 술을 마시지 않지만 주변 사람들이 그 정도로 믿을 만큼 연기했다. 만약 드라마에서 악녀 역할을 맡았다면, 사람들이 나쁜 여자가 뉴스를 진행한다고 생각했을지도 모른다. 그래서 텔레비전 드라마는 전부 그만두고, 연기는 무대에서만 하기로 했다.

"난 백 살까지 살 거야!" 하고 떠들었더니, 오자와 쇼이치 씨가 "그건 좋지만, 백 살이 되면 '그때 우리 말이야'라고 이야기하고 싶어도 아무도 없어 외로울 거야"라고 해서 그 말에 엉엉 운 적이 있다. 그런데 그게 지금 현실이 되고 있다.

친오빠처럼 지낸 아쓰미 기요시 씨도, 엄마라고 불렀던 사와무라 사다코 씨도 세상을 떠났다. 함께 요양원에 들어가자고 굳게 약속했던 언니인 야마오카 히사노 씨도, 이케우치 준코 씨도 먼저 떠났다. 에이 로쿠스케 씨가 "가엾게도 연예계 가족이 다 떠났네"라고 했는데, 그 에이 씨마저 떠나고 말았다.

오빠의 건강 상태가 나쁜 줄도 모르고 밥 먹자며 전화

한 적이 있다. 몇 번이나 부재중 전화에 메시지를 남긴 끝에 겨우 만났다. "뭐야, 전화했는데 답도 없고! 여자랑 온천이라도 갔던 거야?" 그랬더니, 기요시 씨는 크게 웃으며 모자를 벗고 머리의 땀을 손수건으로 닦더니 또 한바탕 웃었다.

"아가씨, 안 갔습니다요."

"거짓말. 당신은 정말 비밀주의자야!"

그런 말을 주고받으면서 오빠는 또 눈물을 흘리며 웃었다. 나중에 부인에게 들으니, 그 무렵에는 병세가 심각해 집에서 거의 누워만 있었다고 한다. 그런데 내가 속 모르는 소리를 해대니 어째 저리 태평스러울까 싶었는지, 아니면 평소처럼 대해줘서 기뻤는지, 기요시 씨가 땀을 닦으며 웃던 모습은 지금도 눈에 선하다.

사와무라 어머니의 몸 상태가 나빠졌을 때는 날마다 병문안을 갔다. 그때 야마다 요지 씨가 전화해서, "아케미 씨가 돌아가셨다고 들었습니다. 장례식도 마쳤고 이제 언론에 알릴 예정이라고 합니다. 언론을 통해 알기 전에 먼저 전하고 싶어서 전화했습니다"라고 했다. 야마다 씨의 마음 씀씀이가 고마웠다. 하지만 오빠의 죽음은 정말 슬펐다.

최근에는 친구였던 노기와 요코 씨가 세상을 떠난 것도 충격이었다. NHK 동창생으로 그는 아나운서, 나는 극단원으로 정말 사이좋게 지냈다. 의상실도 같았고, 프랑스어도 함께 공부했다. 팩스도 자주 주고받았다. 그는 고이시카와의 덴즈인 근처에 살아서 팩스 끝에 '덴즈인에서'라고 쓰고, 나는 '노기자카에서'라고 썼다. 최근에 따님을 만났는데, 노기와 요코 씨와 손이 꼭 닮아서 눈물이 날 만큼 반가웠다.

〈테츠코의 방〉은 올해로 48년째다. 초등학교 1학년 때 퇴학당한 내가 한 프로그램을 48년이나 진행한 것은 정말로 감사한 일이다. 특히 〈테츠코의 방〉에서 나는 배우들에게 집요하게 전쟁 이야기를 물어보곤 했다. 지금 들어두지 않으면, 배우들이 전쟁 때 겪은 일들이 잊힐지 모르기 때문이다.

이케베 료 씨는 배우로 유명해지기 전, 육군 소위로 상하이에서 수송선을 타고 남쪽으로 이동하다가 잠수함의 공격을 받았다. 배가 격침되어 태평양 한복판에서 헤엄쳐야 했다. 자기보다 연상인 부하들도 있었는데, 서로 용기를 북돋우며 헤엄을 쳤다. 그때 부하 한 명이 파도 사이로 "상관님, 칼은 갖고 있습니다"라며 군도를 보여주었다. 이케베 씨는 "나는 바다에 뛰어들 때 몸이 가라앉을까 봐 군도를 갑판에 두고 왔는데, 그걸 보니 눈물이 나더라고요"라고 회상했다. 그러고는 "바닷속이라 눈물을 보이지 않아 다행이었지만요" 하고 덧붙였다.

미나미 하루오 씨는 전쟁이 끝나기 직전 만주에서 체험한 소련군과의 전투를 들려주었다. 토치카 안에서 쏜 총에 소련군의 젊은 병사가 맞았다고 한다. 밤이 되어 고요해진 토치카 안에 있는데, 어둠 속에서 "엄마, 엄마" 하는 소련 병사의 목소리가 점점 작아지더니 이윽고 들리지 않았다. "전쟁은 반대합니다"라고 하는 미나미 씨의 말에는 설득력이 있었다.

아와야 노리코 씨는 위문공연차 항공부대 기지에 갔을 때 이야기를 해주었다. 노래를 부르기 전에 높은 사람이 "여기 있는 분들은 전부 특공대원이라 도중에 실례할 수도 있습니다"라고 말했다. 아와야 씨가 블루스를 부르기 시작하자 모두들 몸을 앞으로 기울이며 경청했는데, 얼마 뒤에 한 젊은이가 자리에서 일어나더니 아와야 씨에게 경례를 하고 밖으로 나갔다. 아와야 씨가 "빙그레 웃으며 내게 경례하고 나가는 그 모습에 눈물이 나서 노래를 부를 수 없었어요"라고 이야기하던 순간을 잊을 수 없다.

2022년 마지막 방송의 출연자는 여느 해와 마찬가지로 타모리 씨였다. 내가 "내년은 어떤 해가 될까요?"라고 묻자 타모리 씨는 "뭐랄까, 일본은 다시금 전쟁 전의 분위기로 돌아가지 않을까요"라고 대답했다. 그렇지만 타모리 씨의 예측이 앞으로도 계속 틀리기를 기도하고 싶다.

〈테츠코의 방〉 48년은 이런 이야기를 들어온 48년이기도 했다. 내가 체험한 전쟁 이야기를 남기고 싶다는 마음이 《창가의 토토, 그 후 이야기》를 쓰게 된 계기였다는 점도 이 후기에 적어두고 싶었다.

얼마 전, 일본예술원 회원으로 선정됐다는 소식을 들었다. 매우 감사했다. 문화공로자로도 뽑혀 훈3등 서보장까지 받았다. 〈테츠코의 방〉은 2년 뒤면 50주년을 맞이한다. 전에는 50년을 목표로 했지만, 요즘은 백 살까지 프로그램을 계속하고 싶어졌다. 그때까지 정신만 온전하다면, 엄마가 되진 못했지만 "괜찮아" 하고 받아들일 수 있을 것 같다.

나는 그때, 건강한 몸으로 키워주신 엄마와 아빠에게 고맙다고 말할 것이다.

나를 이해해준 모든 사람에게 진심으로 고맙다고 말할 것이다.

무척 기대된다!

2023년 8월

구로야나기 테츠코

344

ZOKU MADOGIWA NO TOTTO-CHAN

by Tetsuko KUROYANAGI

Illustrations by Chihiro Iwasaki

Copyright © Tetsuko KUROYANAGI 2023
Copyright © Chihiro Art Museum (Chihiro Iwasaki Memorial Foundation) 2024
Korean translation copyright © Gimm-Young Publishers, Inc. 2025
All rights reserved.

Original Japanese edition published by KODANSHA LTD.
Korean translation rights arranged with KODANSHA LTD. through JM Contents
Agency Co.

옮긴이 **권남희**

일본문학 전문 번역가. 에세이스트. 지은 책으로 《번역에 살고 죽고》《스타벅스 일기》《귀찮지만 행복해 볼까》《혼자여서 좋은 직업》《어느 날 마음속에 나무를 심었다》 등이 있으며, 옮긴 책으로 《창가의 토토》《달팽이식당》《카모메식당》《마녀 배달부 키키》《애도하는 사람》《빵가게 재습격》《반딧불이》《샐러드를 좋아하는 사자》《숙명》《영원한 외출》《종이달》《배를 엮다》《누구》《라이언의 간식》《츠바키 문구점》《메맨과 모리》 외에 많은 작품이 있다.

창가의 토토, 그 후 이야기

1판 1쇄 인쇄 2025. 2. 25.
1판 1쇄 발행 2025. 3. 14.

지은이 구로야나기 테츠코
그린이 이와사키 치히로
옮긴이 권남희

발행인 박강휘
편집 박익비 디자인 박주희 마케팅 김새로미 홍보 강원모
발행처 김영사

등록 1979년 5월 17일 (제406-2003-036호)
주소 경기도 파주시 문발로 197(문발동) 우편번호 10881
전화 마케팅부 031)955-3100, 편집부 031)955-3200, 팩스 031)955-3111

값은 뒤표지에 있습니다.
ISBN 979-11-7332-054-5 03830

홈페이지 www.gimmyoung.com   블로그 blog.naver.com/gybook
인스타그램 instagram.com/gimmyoung   이메일 bestbook@gimmyoung.com

좋은 독자가 좋은 책을 만듭니다.
김영사는 독자 여러분의 의견에 항상 귀 기울이고 있습니다.

창가의 토토、 그 후 이야기

続 窓ぎわのトットちゃん